U0022970

花千樹

詞海求知錄

——詞語解惑篇——

吳順忠 著

目錄

目錄

附錄

修訂再版説明

《有的放矢説中文》出版於一九九四年，彈指之間，二十二年過去了。「人生天地之間，若白駒之過郤，忽然而已。」(《莊子・知北遊》) 當年的讀者大多已步入中年，書早已藏身故紙堆，或成為再造紙的原料了。社會是向前發展的，「長江後浪推前浪，世上新人換舊人。」語言也是這樣，由於中文地位的提高，詞語運用的變化，新詞的誕生，方言的吸收等等，香港的中文也不斷在嬗變。然而萬變不離其宗，語言文字始終要合乎一定的標準。近年數位友人先後提議出版修訂本，興許能補益新一代的讀者。為此，筆者於桑榆暮景，不惜抱病之軀，對全書進行了增、刪、改工作：增補了若干篇目，刪除了一些過時的內容，改正了字詞和語句上的明顯舛錯。遵照出版社的意見，將全書分成上下兩冊，上冊主要辨析字詞，共一百二十篇，下冊側重談詞句，均獨立成書。

筆者並非甚麼專家，只是一個執教中文二十年的語文工作者、一個編輯人員和寫作人。本書對一些人來説會有點參考價值吧，但可以肯定它不是盡善盡美的。雖經不斷斟酌琢磨，仔細刊謬補缺，也難保沒有訛誤。殷切期望得到語文大家和讀者指正。

本書原由星島出版社出版，當年雙方只是口頭協議，沒有甚麼具約束力的條款，第一版銷售完後已不再重印。現徵得星島同意，花千樹出版社「執二攤」，樂意為本書出版修訂本，並分別命名為《字海求知錄》和《詞海求知錄》，謹此向星島和花千樹表示由衷謝意。

吳順忠
二〇一六年十月

序《有的放矢説中文》

文字是受到語言限制的。其中一個很明顯的因素，我們的社會變了，語言也跟着變。在五十年代，我們的口語，跟現在的已不一樣。在五十年代，我們說人「作狀」，如今是「扮嘢」。在五十年代，我們說人「大話西遊」，如今是「你講嘢呀」。好一句「你講嘢」，充滿反叛色彩或不屑，等等不一而足。

辭世多年的怪論大家三蘇，根據我作為一個副刊編輯的體會，他的文字是最能代表這種香港特色的。更廣泛一點的説，那就是香港社會跳動的脈搏，從而令十三妹之流，大讚特讚「印印腳」不已。

電視出。次文化大行其道。甚麼「出冊」「入冊」，以前只在我世居的紅番區深水埗一帶，偶爾市井之徒間耳語流傳而已，一下子堂然皇哉進入每一個家庭。目下潮流興「無厘頭」。此一廣府人特有的粗話，風氣所及，凡片語必有歧義，打橫折曲，不下那些暴發戶的嘴臉。我不知道這是不是香港人另一種靈活的特性？

這種語言的突變，在我個人另一身分對詩的感應，大人先生們既然無法挽狂瀾於既倒，那麼對現代詩的錯位，起碼有了認知的基點才是。因為前者既不是洪水，後者可就說不上是甚麼猛獸。

但兩者的悲哀勢將奔向同一點：我們的中文會怎樣？我們香港，有一百五十多年的殖民歷史，道光皇帝的龍袖一拖，龍爪就是這個樣子，允屬異數。

詩人說，瘋了就是這個樣子。《有的放矢說中文》的作者可不是這個樣子。眼看着我們青山路近之餘，他仍希望在艱苦中有所建樹。這本書，恐怕是為一般莘莘學子而設的多。常言道，萬丈高樓從地起。基本功夫扎實了，文字的污染也就相應地減少。

蔡炎培
一九九四年三月

寫在卷首的話

語言對人類社會的重要性是毋庸置疑的。人之所以稱為人，凌駕於動物之上，很重要的一點是因為人掌握了一個重要的武器——語言。它是人類須臾不可離的交際工具。傳說倉頡造字的時候，群鬼在夜間嚎哭，粟粒從天上降落，所謂從此「人鬼殊途」，上天對人再難為所欲為矣。在我們祖先的心目中，人類創造文字，真是驚天動地泣鬼神的大事啊。在《文心雕龍・練字》中記下這個傳說的劉勰說得好：「斯（文字）乃言語之體貌，而文章之宅宇也。……黃帝用之，官治民察。」有了語言文字，才能有政治的清明，民情的審察。事實上，語言（單獨說「語言」一詞時，通常包括它的書面形式——文字）幫助人類創造了文化，創造了歷史，推動社會向前發展，數千年來立下了赫赫戰功。

據統計，世界上共有五千六百五十一種語言，以漢語為交際工具的人數則佔第一位。但漢語的方言卻是最複雜的。古人也知道統一語言的重要性，劉勰說：「先王聲教，書必同文，輶軒之使，紀言殊俗，所以一字體，總異音。」(《文心雕龍・練字》) 在總異音方面，儘管歷代統治者都作出很大的努力，但由於幅員廣大、山河阻隔、居民遷徙、異族入侵等原因，始終未克奏功。今天，中國的方言土語多得不可勝計，而根據語言特點，大致可分為七大方言區。其中北方方言是中國共同語——漢語的基礎方言。香港官方語言之一的粵語則是以廣州話（包括香港話）為中心的方言，書面語多稱粵語，口語多稱廣東話（本書多用此詞）。粵語是漢語方言中在國內外影響較大的方言，過去一百多年，粵語跟隨廣東華僑「跑」遍世界每一個角落；近二十年來，香港文化不斷向北傳播，而港式電影、音樂、錄影帶又通過成千上萬移居外國的港人傳播到各地華人社會去，使粵語在國內外的影響愈益深廣。方言的壯大無疑有礙於語言的統一，但是它也可以從另一方面豐富共同語，推動共同語不斷進步。隨着九七的臨近，為了更好地與內地聯繫、交際，開展各種活動，越來越多香港人正在積極學習普通話，這是人們有目共見的。

雖然漢民族至今未能「總異音」，但是「一字體」早已基本實現了。可惜後來內地採用簡體字，給港澳臺和海外（新加坡、馬來西亞除外）華人帶來一些麻煩。還幸簡體字不算面目全非，習慣用繁體字的人要看懂簡體字不會太困難，反之亦然。縱使方言歧異，廣東話與普通話差別那麼大，但是彼此仍能較順利地進行交際，這完全是拜統一文字所賜。對於中文（或者說漢族的語言文字），這種世界上最富生命力的語文之一，我們一定要好好珍惜和善加利用。

那麼香港人的中文水平如何呢？無可否認，整體來說欠理想。黃維樑先生說過：「時下不通順不簡潔的文字垃圾，觸目皆是，令人驚心。」香港是一個殖民地，長期重英輕中，以致中文素質一直無法提高；同時英文又在不知不覺間滲進了我們生活領域的各個方面，結果我們的語言中出現了一些不中不英、非驢非馬的東西。另一方面，香港絕大多數人以粵語為母語，我們的口語和書面語存在着頗大的差距，所以寫起文章來，仿效或參照古文者有之，從近代的白話文小說裏汲取營養者有之，將古、今漢語和粵語糅合而成「三及第」甚至「四及第」（加英文）者有之。要改變這種情況，非要花很大氣力不可。我們不反對方言文學，報章雜誌為吸引讀者，增加地方色彩，適當使用粵語也無可厚非。但是，如果你寫的是白話文，就得遵循現代漢語用詞造句的習慣，這些習慣並非由某些人定出來的，而是大多數人在長時期裏逐漸養成的。

我們說話和寫文章都離不開字、詞、句。又是劉勰說得好：「夫人之立言，因字而生句，積句而成章，積章而成篇。篇之彪炳，章無疵也；章之明靡，句無玷也；句之清英，字不妄也。」（《文心雕龍・章句》）我們敬佩王安石、福樓拜等字斟句酌的「一字師」，當然不可能要求人人都像這些語言巨匠一樣錘鍊語言，但是不寫錯別字，用詞準確，造句通順，恐怕是每個人都要努力做到的吧；而對公開發表文章，要向讀者負責的人來說，這更是起碼的要求。

筆者酷愛祖國的語言文字，年輕時積極嘗試創作，對十九世紀俄國詩人納德遜說的「世上沒有比語言的痛苦更強烈的痛苦」這句話，有過深切的體會。除非你完全感受不到語言的重要性，否則在提起筆寫東西，搜索枯腸也無法表情達意時，你一定會覺得那種痛苦是難以名狀的。筆者大學畢業後在內地執教中文二十載，曾為學生中「媽媽」(簡化字為「妈妈」）變「雞雞」(簡化字為「鸡鸡」）之類的笑話和「史無前例」的中文水平的低落而扼腕三嘆。七十年代末返港，一直從事文字工作，編過叢書、教科書和報章雜誌，長期的侵尋，形成了對語言的敏感，甚至有點「過敏」，近年來陸陸續續在報刊上發表了一些辨字、正詞、論句的文章，現在輯錄其中一部分，刪去重複的東西，略作補苴罅漏，又補寫若干篇，結集出版。全書以談字、詞為主，也有談句的。限於篇幅，一些剖析病句的文章暫且割捨，容或日後有機會再出續篇吧。

語言是橫無際涯的大海，高入雲霄的雪峰，一個人窮畢生的精力，也不可能游到彼岸，攀上峰巔。尤其處身於香港複雜的語言環境，想做點補偏救弊工作，常常有困難重重、寂寂一身之感；若說「挽狂瀾於既倒」，更是不自量力，貽笑大方。然則本着善良願望，為莘莘學子和有需要的人盡點綿力，相信不是畫脂鏤冰吧？限於水平，本書差謬在所難免，祈望專家高明和廣大讀者不吝賜教，匡我不逮。

吳順忠

一九九四年三月

詞語解惑篇

區別「至」和「致」

「至」和「致」是同音字，兩者都能獨立成詞。它們的意義有明顯的區別，但在用到這兩個詞為詞素構成的某些詞時，不少人常因同音之惑而犯「魯魚亥豕」之錯，如以至（於）作以致、不至於變不致等。下面試分辨一下幾對詞。

「以至（於）」和「以致」

在古漢語裏，「以至」常和「自」呼應，用來表示時間，相當於「從……到……」。《孟子•公孫丑上》：「大舜……自耕稼陶漁以至為帝，無非取於人者。」現代漢語的「以至」（又作「以至於」）也可解作到、一直到，表示範圍、程度、數量上的延伸，如「由港島、九龍以至新界」、「由輕微震動、劇烈震動以至地層發生大斷裂」。「以致」不能解作到，不適用於上述的例句。但兩者都用在下半句的開頭，表示下文是上文所述原因造成的結果時，許多人常錯用。例如：「他不折不撓地努力鑽研，終於取得了成果，以致科學界不得不另眼相看。」「他讀書太專心了，以致母親走到身邊也沒有發覺。」這兩個句子中的「以致」都用得不對，應改為「以至」，因為「以致」帶出的下文多指不好的結果，像「他不聽父母師長之言，屢交損友，以致誤入歧途」，這個「以致」就用對了。

「不至於」和「不致」

古漢語的「不至」解作不必、不一定，例如：「為治者不至多言，顧力行何如耳。」（司馬遷《史記・儒林列傳第六十一・申公》）現代漢語沒有「不至」一詞，卻有「不至於」和「不致」。「不至於」用來表程度，相當於「不會達到（這種狀況）」，如「他不至於這麼糊塗」；「不致」用來表後果，相當於「不會弄到（這般田地）」，如「你早點提醒他，就不致出洋相了」。這兩個詞不能隨意調換，有些人用詞不假思索，常把馮京當作馬涼：「不至於」改作「不致」，甚至「不致於」，表示後果時又用「不至於」。這種用詞失當的情況應盡量避免。

「至死」和「致死」

前者用於「至死不變」、「至死不屈」等詞語中，後者可以獨立成詞。「至死」意為到死，「致死」意為導致死亡，有些人分不清詞義，把「致死原因」寫成「至死原因」，這是錯誤的。而「致死」這個詞，不少港人掌握得尤其差勁，我們常常在報章上看到「致人死命」、「致人於死地」一類的詞語，這何止是畫蛇添足，簡直是面目全非了。

分辨「色」和「式」

「色」，普通話念 sè 或者 shǎi，「式」念 shì，廣東話二字同音，均念 sik[7]。詞義方面，兩者差別甚大，但以它們為詞素構成的一些詞，由於形式、語音相近，運用起來時有混淆（如「款式」誤作「款色」，「式樣」誤作「色樣」等），為此有必要加以辨析。

「各色各樣」還是「各式各樣」？

兩個都是常用詞組。本來，無論古今，色、式有別。「色」指種類，《新唐書 • 志第三十四 • 選舉志上》：「敦厚浮薄，色色有之。進士科取人二百年矣，不可遽廢。」宋梅堯臣《呂晉叔著作遺新茶》：「其贈幾何多，六色十五餅。」「式」則指規格、式樣，《北史 • 周本紀下第十》：「八月壬寅，議權衡度量，頒於天下。其不依新式者，悉追停之。」但是「各色各樣」和「各式各樣」都有多的意思，我們一不留神就會用錯，較常見的錯誤是以後者取代前者，如「小説裏刻畫了各式各樣的人物」，「地攤上擺滿了各式各樣的貨物」，「宮殿裏陳列着各式各樣的藝術珍品」，「各式各樣的交通工具任人選擇」，等等。「各色各樣」是種類多的意思，而「各式各樣」指的是款式多、形式多或方法多。「各色各樣」可用於人，「各式各樣」不能用於人（「諸色人等」就不能以「式」代「色」）。用於物時則視情況而定：人造的、講究一定形狀的物體用「各式各樣」，例如：「各式各樣的裙子」、「各式各樣的玩具」、「各式各樣的轎車」、「各式各樣的樓房」；不注重形狀、只強調種類的，或非人造的物體，一般用「各色各樣」。抽象事物宜用「各式各樣」，如「各式各樣的做法」、「各式各樣的姿勢」、「各式各樣的技巧」等。

「形形色色」還是「形形式式」？

它們分別由「形色」和「形式」重疊而成。「形色」是古漢語詞，指容顏、姿色：「形色，天性也。」（《孟子・盡心上》）現代漢語不用形色一詞。「形形色色」是現代漢語詞，源自古漢語，《列子・天瑞》：「故有生者，有生生者；有形者，有形形者；有聲者，有聲聲者；有色者，有色色者；有味者，有味味者。」「形形色色」指品類眾多，意為各種各樣，其詞義與「形色」迥然不同。

「形式」古今義相近，乃指形狀、式樣、規格等。「形形式式」則是「訛詞」，由於廣東話色、式同音，一些人錯把「形形色色」寫成「形形式式」，例如「商店裏形形式式的陶瓷製品琳瑯滿目」，「海灘上形形式式的貝殼可多着呢」，就犯了這個錯誤。

區別「份」和「分」

報載曾有人建議當局花費一筆巨款，把全港居民身份證上的「份」字改為「分」。此說有其道理，但沒有必要。「身分」應是由古至今的標準寫法。古漢語有「身分」而無「身份」，至近代才有人以「份」代「分」，用的人多了，也可以說是約定俗成。今天「身分」與「身份」並存，「身份」反倒多見一些。

「分」有兩個音，一個念陰平，一個念陽去（普通話去聲）。念平聲的「分」，不會與「份」混淆，本文只拿念去聲的「分」與「份」作比較。

「分」表示構成事物的物質或因素、人的素質、職責和權利的限度，如「才分」、「天分」、「老分」、「位分」、「成分」等。

在古漢語裏，「份」是彬的古字，兩者音義相同。《說文解字》：「份，文質備也，从人分聲。《論語》曰：『文質份份。』彬，古文份。」至近代漢語「份」才開始用作數量詞，例如「部分」可寫成「部份」。在現代漢語裏，兩者通用的情況比古漢語多，如「水分」、「本分」、「成分」、「部分」、「過分」、「分內」均可用「份」，「股份」可用「分」，「名分」、「情分」、「福分」、「緣分」古籍用「分」，近代起亦用「份」。「分子」（不是數學名詞 fēnzǐ）和「份子」均可指一定階層、集團、集體或具有某種特徵的人，今天較多用「分」如「知識分子」；又可指眾人送禮時各人攤分的錢，今天較多用「份」。「分外」和「份外」均解作本分以外、格外、特別，但「分外」又解作另外、過分，只部分通用。「分量」和「份量」均可指重量，但前者的涵義大得多，又解力量、質量、比重、比例、輕重、深淺、分別、 差異等，而「份量」又指斤兩，比喻輕重，所以二詞多半不通用。

「份」和「分」（「分」念平聲）都可作量詞，均可用於抽象事物，如「一份（分）心思」、「一份（分）熱心」、「一份（分）勞力」、「一份（分）收成」等。但前者通常是泛指，後者則指整體劃成十部分，每一部分為一分，如「有一分熱，發一分光」，若超過十，則是誇張的用法，如「萬分想念」。兩者相比，前者顯得比較重，語意實在；後者顯得較輕，有點虛靈。「份」作為量詞，有它的特殊用法：一、用於搭配成組的東西（如「一份禮物」、「一份材料」）；二、用於報刊、文書等（如「一份《× 報》」、「一式兩份」）；三、用在省、縣、年、月等後面（如「省份」、「月份」等），這些「份」是不能代之以「分」的。（「時分」習慣用「分」。）

總的來説，以「分」為詞素的詞比含「份」的詞多得多。下面列舉一些分別以「份」和「分」構成的詞，在這些詞中，二字不宜互相取代：

份兒　份額　等份　戲份　雙份

那份勁兒　那份模樣　那份神氣

才分　天分　本分　安分　充分　位分　志分

非分　肥分　時分　輩分　養分　職分　應分　鹽分

安分守己　知識分子　恰如其分

分數　百分比　百分之幾

最後三個詞中的「分」普通話念平聲，同「分開」的「分」。

「度」與「渡」用法有別

「度」和「渡」同音，字形差別不大，詞義上也有相近之處，由於這樣，用起來難免有一差二錯，連一些專欄作者也會有差訛。先看幾個句子：

吐露港畔，馬鞍山下的馬場，馬兒歇暑去了，騎師渡假去了。

畫家大半世在巴黎渡過。

幾十萬市民離港歡渡聖誕節。

公司希望我們群策群力，度過困難時期。

這些「度」和「渡」都用錯了，應該互換。

「度」和「渡」古代均可解作過江河，例如：「誼既以適去，意不自得，及度湘水，為賦以弔屈原。」（《漢書 • 賈誼傳第十八》）「三月，漢王從臨晉渡，魏王豹將兵從。」（《史記 • 高祖本紀第八》）《漢書》用「度」，《史記》用「渡」，在上述義項上，兩者通用。但是「度」的本義指計量長短，故解作過時多用於空間或時間，例如：「長江天塹……虜軍豈能飛度。」（《南史 • 列傳第六十七 • 孔範》）「萬里赴戎機，關山度若飛。」（《木蘭詩》）「黃鶴之飛尚不得過，猿猱欲度愁攀援。」（李白《蜀道難》）「芙蓉帳暖度春宵。」（白居易《長恨歌》）「孤館度日如年，風露漸變……」（柳永《戚氏》）「渡」則沒有這樣的用法。

「度」和「渡」在現代漢語的用法跟古漢語相比，有兩點不同：其一，「度」不用於過河，一般用於日子方面；其二，「難關」和「困難時期」用「渡」，「渡」似乎可用於時間、空間，但這是特殊例子，且難關非「關」，只是比喻重要的轉捩點或難以度過的一段日子，配以渡河的「渡過」，是一種比喻的説法。下面根據現代漢語習慣，分別列出同「度」、「渡」有關的詞和詞組：

度	渡
度日　度假　度越 度過（用於時光、歲月等） 度日子　度日如年 暗度陳倉　歡度新年	渡口　渡河　渡船　引渡 渡過（用於江河、難關等） 渡過難關　共渡時艱 過渡時期　遠渡重洋

度引、度世、度荒、普度：均可用渡。

超度：佛、道教謂使死者靈魂得以脱離諸苦難，可用渡。

「那」和「哪」的分別

「那」主要作指示代詞用，「哪」在近代漢語裏只是一個語氣助詞，到現代漢語則多了一個用法——作疑問代詞。同是作代詞，用普通話來念同音不同調，前者念去聲（nà），後者念上聲（nǎ），「哪」後面跟量詞或數量詞時多改念 něi 或 nǎi。用廣東話念則同音同調（na⁴）。作姓氏的「那」普通話、廣東話分別念 nā 和 no¹，哪吒的「哪」分別念 ná 和 na²。通常「那」是不會誤用作「哪」的，但「哪」誤用作「那」就比較普遍了。一方面可能有些人「一仍舊貫」，至今仍不承認「哪」是疑問代詞；另一方面可能是操粵語的人因同音同調而混淆。下面是一些誤用的例句：

孩子怎樣曉得那些是好人、那些是壞人呢？

他不知道那家餐館的菜好。

沒聽你說過他有那個朋友靠得住。

「那」是指示代詞，它在句子裏特指某人或某事物，不能用於疑問或泛指。第一句是問句，第二、三句顯然不是特指其中一家餐館和一個朋友，所以都不能用「那」。

「那」又可以作連詞，表示順着上文的語意，申說應有的結果。例如：

既然你有空，那就一起去吧。

你不拿走，那你不要啦。

「哪」的主要用法有兩個，其一是用於疑問或反問，例如：

疑問　你要找的是哪一位？

反問　哪裏想到他這樣兇？

其二是用於泛指，例如：

泛指時間　我決定哪會兒走就哪會兒走。

泛指處所　哪裏好玩就到哪裏去。

泛指性質、狀態　我們這裏的鞋子尺碼齊全，你要哪樣的就有哪樣的。

試比較下列三組句子的「那」和「哪」：

① 我知道那件禮物是屬於我的。

② 我知道哪件禮物是屬於我的。

③ 那兒比得上香港呢。

④ 哪兒比得上香港呢？

⑤ 那裏有需要，那裏就有救 X 軍。

⑥ 哪裏有需要，哪裏就有救 X 軍。

它們的分別就在於：①特指，②泛指，③特指，④反問，⑤特指，⑥泛指（作者的原意應是任何一個地方而不是特指某一個處所）。懂普通話的人絕少會絞在一起，但操粵語的人可用「代替法」來決定用「那」或「哪」：凡可代之以「嗰」（作指示代詞）和「咁」（作連詞）的必是「那」，凡可代之以「邊」的必是「哪」。①③和⑤代之以「嗰」成了「嗰件」、「嗰度」；②④和⑥代之以「邊」成了「邊件」、「邊度」。代過之後，用起來就百無一失了。

「湧」「擁」有別

「湧」和「擁」似乎是不相干的兩個字，但如果用來表示「走」的意思，他們就會牽纏起來，頗難分辨了。先看兩個句子：

成千上萬的人湧進了維多利亞公園。

成千上萬的人擁進了維多利亞公園。

不久前有人在報上發表文章說，表示人群前進應用「湧」。筆者認為恰好相反，第一句錯了，第二句才是對的。

「湧」原指水波升騰。古人用「湧」來描寫波浪的佳句不可悉數，例如：「沸乎暴怒，洶湧澎湃。」（司馬相如《上林賦》）「江間波浪兼天湧，塞上風雲接地陰。」（杜甫《秋興八首》其一）「山鳴谷應，風起水湧。」（蘇軾《後赤壁賦》）等等。「湧」也可用來描寫雲，「雲濤」就是雲湧如濤的意思，白居易《海漫漫》詩云：「雲濤煙浪最深處，人傳中有三神山。」蘇軾的「風起水湧」後來有人改作「風起雲湧」，也成了成語。「湧」還有冒出的意思，那是由水波升騰的意義引申而來的，如「天上湧出一輪明月」、「臉上湧出迷人的笑容」等。那麼「湧」能不能直接用於人的動作呢？絕對不能，因為人不等於水和雲。

但是，我們可以用比喻或比擬的寫法，一是把人群比作水流，另一寫法是把人群當作水流：

人像潮水一樣湧進來。

不盡的人流湧向東區走廊。

「擁」在古漢語裏可解作聚集。如「身擁數百騎殿」（《新唐書・列傳第二十・竇威》）、「今操已擁百萬之眾，挾天子而令諸侯，此誠不可與爭鋒」（《三國志・蜀書・諸葛亮傳》）。也可解作圍裹，如「敗絮自擁」（《南史・列傳第六十五・陶潛》）。不但物能圍，人也可以圍，元曲和明清小說裏常見的「前呼後擁」一詞，「擁」就是圍着的意思。我們知道，語言是隨着社會的發展而衍變的，「擁」一開始就跟人的行為、動作密切相關，後來意義更擴展了，可以用來表示「（很多人）擠着走」的意思，如「一擁而上」、「一擁而入」等。現代漢語「擁擠」一詞即由「擁」發展而成。下面兩個句子毫無疑問是對的：

大家都擁到前面去了。

回鄉探親的人一批批擁進了火車站。

辨析「須」和「需」(上)

「須」和「需」無論普通話或廣東話，都是同音字。它們有時可以單獨用，但主要是和其他詞素一起構成雙音節詞。由於同音關係，許多人每每認甲作乙，或以乙代甲，有些人則為烏焉相混而苦惱。為此，本文將辨析一下「須」和「需」及與之相關的詞。

「須」「需」有別

在古漢語裏，「須」有時可通「需」，例如：「知須夏服，計給事自應相供，無容別寄。」（《南史‧列傳第十九‧蔡廓》）兩者均可作等待解，但通常它們的區別是很明顯的。「須」無論古今均是副詞（作「等待」解則例外），表肯定，相當於「必」、「應當」、「一定」，如杜甫《聞官軍收河南河北》：「白日放歌須縱酒，青春作伴好還鄉。」韋莊《令狐亭》：「若非天上神仙宅，須是人間將相家。」「需」是動詞，相當於「需要」，如明高啟《贈楊滎陽》：「君才適時需，正若當暑扇。」不過「需」單獨用時大多名詞化，如「公家百需皆仰淯井鹽利」（《宋史‧列傳第一百六十八‧高定子》）。現代漢語仍保留這種用法，如「各取所需」、「以備不時之需」等。又現代漢語有「仍須」的說法，「仍須」也只能修飾動詞，如「我們仍須努力」。現代漢語一般不說

「仍需」，可說「仍需要」，多放在名詞或代詞前面，如「仍需要我們努力」。「不須」是古漢語留下來的，如《漢書‧馮奉世傳》有「願得其眾，不須煩大將」。今天仍可用「不須」作副詞。「不須」不能改作「不需」。

「須要」異於「需要」

「須要」意為一定要，是助動詞，放在主要動詞或形容詞前面，不能放在名詞或代詞前面。「需要」指應該有或者必須有，是動詞，常作謂語，並帶賓語，還可構成兼語式（即包孕句）。其次，「需要」也可有名詞化的用法。下面舉例說明：

做秘書工作須要有耐性。

「須要」修飾動詞「有」。如用「需要」，則作「做秘書工作需要耐性」。

訓練動物須要耐心。

「須要」修飾形容詞「耐心」。

公司需要這樣的人才。

「需要」作謂語，帶賓語「人才」。

今年的任務需要我們再加把勁。

兼語式或稱「包孕句」。

我們會盡量滿足市民的需要。

「需要」名詞化。

以上句子的「須要」和「需要」是不能互換的。

下列句子中的「須要」和「需要」明顯用混了：

年輕人需要努力學習。

這項工作須要幾個部門配合完成。

辨析「須」和「需」（下）

繼續談談跟「須」和「需」有關的詞。

「必須」不等於「必需」

這兩個詞讀音完全一樣，前一個詞素又相同，所以容易用混。其實它們的意義和用法有很大差別。「必須」表示一定要、一定得那樣做，是助動詞，只作狀語，修飾動詞。例如：

你明天必須跑一趟。

基本法必須符合中英聯合聲明的精神。

想移居外國的人必須認真考慮自己的條件。

第一句修飾謂語動詞「跑」；第二句修飾謂語動詞「符合」；第三句有兩個狀語，即「必須」和「認真」，都修飾謂語動詞「考慮」。遇到這種情況，「必須」應放在前面。「必需」表示一定得有、不得缺少，是動詞，在句子中可作謂語，多用在「為……所……」的格式，但更常見的是放在名詞前作定語。例如：

對我來說，肉類雖也必需，但沒有瓜果蔬菜那麼重要。

超級市場的貨品，大多為日常生活所必需。

月初，秘書照例給大家送來必需的用品。

第一、二句作謂語，第三句則作定語。簡言之，「必須」和「必需」在用法上的區別，其一是前者只作狀語，不作謂語和定語，後者則只作謂語或定語，不能作狀語；其二是「必需」有構詞能力，如「必需品」，「必須」則沒有。下面例句中的「必須」和「必需」就攪亂了：

在鬧市駕車必需提高警覺性。

這些都是我們必須的參考書。

「無須（乎）」等於「無需（乎）」

以「須」和「需」為詞素構成的詞中，只有這兩個是可以通用的，都是不用、不必的意思，如「無須（需）驚慌」、「無需（須）加速」、「無須（需）乎用這麼多人力」、「無需（須）乎花太多時間」等。有些人自以為是，把人家的「無需」改為「無須」，實屬多此一舉。而跟「無」同音的「毋」有時可通「無」，如「無須」、「無庸」、「無論」、「無寧」的「無」可寫作「毋」，「巨毋霸」也作「巨無霸」。

「複」「復」「覆」淺析

複、復和覆在用法上有時容易混淆，為求使用確當，這裏先就詞義方面取其要端加以分析。分析時援引古漢語為例，並列舉一些今天常見的詞語。

「複」的本義是重衣、夾衣，引申為重疊和盤曲。例如：「複廟重屋。」（《文選‧張衡〈東京賦〉》）「山重水複疑無路，柳暗花明又一村。」（陸游《遊山西村》）「臣輒較量畿甸，守衛重複。」（《晉書‧列傳第四十四‧桓彝》）現代漢語中常見的詞有「複方」、「複句」、「複姓」、「複沓」、「複被」、「複眼」、「複寫」、「複數」、「複製」、「複線」、「複賽」、「複雜」、「複疊」、「重複」等。

「復」結合粵音來談，主要義項有：一、念「福」（fuk[7]），意為回、返，例如：「無往不復。」（《易經‧泰》）「又與（嵇）康論養生，辭難往復。」（《晉書‧列傳第十九‧向秀》）詞語有「循環往復、翻來復去」等。二、念「阜」（fow[6]）（古音念附宥切），意為重、再、又一次，例如：「殆不可復。」（《孟子‧盡心下》）「令（馮）唐持節赦魏尚，復以為雲中守。」（《漢書‧張馮汲鄭傳‧馮唐》）「千金散盡還復來。」（李白《將進酒》）詞語有「復述」、「復核」、「復習」、「復診」、「復試」、「舊病復發」、「死而復生」、「壯士一去兮不復還」等。今天，粵語在念古文時仍保留「阜」這個音，但在念到「復診」、「復習」等時已改念「福」音。至於後三個詞語的「復」，今人多念作「伏」(fuk9)，積重難返，莫奈何矣。三、念「伏」(fuk9)，有兩解，一是回答、回報，例如：「賓退，必復命曰：『賓不顧矣。』」(《論語‧鄉黨》) 詞語有「函復」、「電復」、「敬復」、「答復」、「回復」、「復仇」等。二是還原，如「凡非舊器者舉毀，夫是之謂復古」(《荀子‧王制》)。詞語有「光復」、「復元」、「復員」、「復活」、「復舊」、「恢復」等。

「覆」可解作翻、傾倒、顛倒，例如：「大人豈見覆巢之下，復有完卵乎？」(《世説新語‧言語》)「願借羲皇景，為人照覆盆。」(李白《贈宣城趙太守悦》)「翻手作雲覆手雨，紛紛輕薄何須數？」(杜甫《貧交行》) 由傾倒又可引申為滅亡。詞語有「覆舟」、「覆沒」、「覆轍」、「覆亡」、「顛覆」、「反覆」、「翻覆」、「傾覆」等。其次可解作遮蓋、掩蔽，如「誕寘之寒冰，鳥覆翼之」(《詩經‧大雅‧生民》)，詞語有「覆蓋」、「覆載」等。

最後，將同以「複」、「復」、「覆」三或兩個為詞素構成的詞簡析如下：

本	複本：書刊收藏不止一部，第一部以外的叫複本。 復本：恢復純樸的本性。 覆本：審批核准公文。
姓	複姓：多於一個字的姓。 復姓：恢復原姓。
被	複被：一種被子。 覆被：覆蓋、壓制、埋沒、蓋被。
寫	複寫：把複寫紙夾在兩張紙或幾張紙之間書寫。 覆寫：重謄。

「複」「復」「覆」用法異同

上文援引古漢語為例，從詞義上分析「複」、「復」、「覆」，並舉出一些今天常見的詞語。現續談這三個字用法的異同。

「複」、「復」和「覆」字形相似。讀音方面，普通話完全相同（fù），保留較多古音的粵語則相同或相近（fuk^7，fuk^9，fow^6，「複」、「覆」念 fuk^7，「復」念三個音）。在古漢語裏，「復」可通「複」，也可通「覆」，「覆」則可通「復」。現代漢語的情況跟古漢語差不多。下面對這幾個字的用法作簡單的辨析。

「複」在古漢語裏一般不通「復」和「覆」，故今凡帶「復」或「覆」的詞語，其中的「復」和「覆」均不能以「複」代替。不少人把「復診」寫成「複診」，把「反覆」寫成「反複」，這是不對的。「復診」的「復」是再、又一次的意思；「複」是重複的意思，再診治並非重複診治。但近代的白話文，有些人（包括一些名家）寫作「覆診」，還有「覆查」、「覆核」、「覆審」等，已為人們所接受了。「反覆」的「覆」是顛倒的意思，「反覆」就是顛過來倒過去，並由此衍生出變化無常、再三再四的意義。兩者都跟「複」的意義（重疊）有別，所以不能改用「複」字。

「復」古可通「複」，《史記・秦始皇本紀第六》：「為復道，自阿房渡渭，屬之咸陽。」「復道」即「複道」。又如「重

複」可作「重復」，舉例：「揚雄……又易《蒼頡》中重復之字，凡八十九章。」（《漢書・藝文志》）現在內地用「重復」（簡化為「复」），港澳臺用「重複」，兩者都對，但寫成「重覆」就錯了，這是約定俗成。

「復」在古漢語裏又可通「覆」，例如：「顧我復我，出入腹我。」（《詩經・小雅・蓼莪》）「南容三復『白圭』。」（《論語・先進》）前一個是反覆的意思，後一個是反的意思。「反覆」在古漢語裏可作「反復」，如「終日乾乾，反復道也」（《易經・乾》）。今天內地用「反復」（簡化為「复」），港澳臺則作「反覆」。又如「覆擺」也可作「復擺」，內地用後者（簡化為「复」），香港則用前者。我們在閱讀內地出版的簡體字書籍時應該注意這一點。

「覆」古可通「復」，與「復」一樣，可解作回答，如「賞賜決於外，不從中覆也」（《漢書・張馮汲鄭傳・馮唐》）。至今，與回答有關的所有含「復」字的詞，如「復命」、「函復」、「電復」、「敬復」、「答復」、「回復」等，通常都能以「覆」代「復」。

和·同·跟

「和」、「同」、跟」是現代漢語裏用得比較多的幾個虛詞，它們的用法好像很簡單，但也有一定的矩矱，不能亂用。

三者作為連詞

它們相同的地方是可以連接詞或詞組，所連接的成分都是並列的，而且須是同類的，如「香港和（同、跟）澳門」、「小說和（同、跟）詩歌」。非並列、非同類的詞不能用它們來連接，像「足以表現他的剛毅、智慧和善於思考」就欠恰當。作為連詞，「和」比「同」、「跟」用得廣泛，在普通話口語和書面語裏都很常見。「跟」較少用，「同」用得更少。「跟」、「同」帶有方言色彩：「跟」在北方用得最多，因此常出現在用北方話寫的小說裏；「同」流行於長江以南，是粵語的口語。它們在用法上的區別是：

一、「和」可連接各類實詞（包括名、動、形容、數量、代等詞）和詞組，「同」不能用來連接實詞中的動詞和形容詞，而「跟」一般只連接名詞及名詞性詞組。舉兩句為例：

星期天我們常到維園去打球和溜冰。

明天請你和她來我家開生日會。

第一句只能用「和」，不能用「同」、「跟」，但因廣東口語用「同」，一些人可能會寫成「打球同溜冰」而不覺錯。「和」所連接的並列的動詞或形容詞如要充任謂語，必須是雙音節並有修飾成分，形容詞如「他的意志異常堅韌和剛強」。第二句可用「和」、「同」，一般不用「跟」。

二、「和」可用於連接多項成分，其一是結束法，預示多項並列成分就要結束，「和」一定要放在最後一項之前，前面各項之間用頓號，如「新加坡、馬來西亞和泰國」；其二是類別法，把多項並列成分分類，「和」放在各類中間，如「爸爸、媽媽和哥哥、姐姐都出去了」。「同」、「跟」通常不用來連接多項成分。

三者作為介詞

在做介詞時，三者一般可以通用。例如：

和（同、跟）他一道來的那個小姐是誰？

我忍着眼淚和（同、跟）他説再見。

他的手藝和（同、跟）師傅差不多。

第一句介紹出動作的另一施動者；第二句介紹出動作涉及的對象；第三句引出比較的對象。

最後要指出現代漢語的一種趨勢，就是在書面語言中，已傾向於把「和」專用作連詞，「同」、「跟」專用作介詞（一般文章用「同」，文學作品用「跟」），例如「香港應盡量同世界上更多的國家和地區發展貿易關係」。這是值得我們注意的。

與・及・以及

「與」、「及」和「以及」是從文言文裏繼承過來的虛詞。在古漢語裏，「與」和「及」作連詞時都可以表並列關係，例如：「用之則行，舍之則藏，唯我與爾有是夫！」（《論語・述而》）「七月亨葵及菽。」（《詩經・豳風・七月》）「以及」表示的並列關係則有主次、輕重的差異，例如：「蕩意諸曰：『盍適諸侯？』公曰：『不能其大夫，至於君祖母，以及國人，諸侯誰納我？』」（《左傳・文公十六年》）

除「以及」外，「與」和「及」在古漢語裏也可以作介詞。

在現代漢語裏，只有「與」仍可作介詞，其用法同「和」、「同」、「跟」差不多。「與」、「及」和「以及」作連詞時多用於書面語，相同的地方是都能連接並列的成分，如「書籍與（及、以及）文具」。不同之處有幾點：

一、「與」可以連接單音節或多音節的名、動、形容、數量、代等實詞或詞組。例如：

我與你過去有很深的交情。

人群是何等興奮與激動。

「及」一般只能連接名詞和名詞性詞組，所以這兩個句子的「與」不能換為「及」，像「緊急時按動警鐘及通知司機」、「他對我的縱容及寵愛」等一類句子在此地很常見，「及」常被濫用，可見不少人還不懂得「及」的正確用法。「以及」可連接名詞、動詞及其詞組、介詞短語，所連接的詞一定要多音節。按照這些原則，上列兩個例句中的「與」也不能用「以及」代替，因為第一句並列的成分是單音節詞，第二句並列的成分是形容詞。

二、「與」和「及」不能連接分句和句子，「以及」可以這樣，如「我從美國回來，母親問了我許多問題：那裏的東西貴不貴，氣候好不好，以及姐姐的家庭生活是否如意，等等」。

三、「與」和「及」前面不能停頓。

四、「與」通常只連接並列的成分，「及」和「以及」連接的成分可以是並列，也可以有主次、先後之分，如「書籍、文具及其他」、「準備好帳幕以及其他用品」。

五、如果連接的事物分成不同的類別，中間一般不用「與」和「及」，「以及」則可用，如「我月前到過歐洲的英國、法國以及北美的美國、加拿大」。

「但是」和「卻」

「但是」和「卻」詞性不同，前者是連詞，後者是副詞，但兩者都可以放在表示轉折的分句裏，很多時候可以互換。連詞「雖然」可以配連詞「但是」，也可配副詞「卻」；連詞「儘管」可配副詞「卻」，也可配連詞「但是」。如：「我雖然肚子餓，但是吃不下。」「儘管我連寫三封信，卻得不到答覆。」句中的「但是」可換為「卻」，「卻」可改為「但是」。當然，它們在句子中所處的位置有時不一定相同。

「但是」的用法比較容易理解，「卻」的情況複雜一些，主要有以下幾種用法：

（一）表對比、轉折

① 新界北部下大雨，港島卻陽光普照。

② 我是一個新人，卻一點也不感到陌生。

（二）表意外、反常

③ 他一向不大喝酒，不知怎的今晚卻整整喝了一瓶。

④ 天氣這麼冷，他卻只穿一件短袖襯衣。

(三) 表進一層

⑤ 我需要陽光，需要空氣，卻更需要你。

(四) 表願望不能實現，常和「又」連用以加強語氣

⑥ 我在睡夢中覺得身體被甚麼東西壓着，拼命推卻又推不開。

在上列例句中，只有例②表示實際上的轉折，不過其他句子除例①外，在語意上也有轉折意味，所以未嘗不可以用「但是」來代替「卻」的。

有些人以為用了「但是」後就不能用「卻」，兩者並用就是犯重複纍贅的毛病。這是不對的。前面説過，「但是」和「卻」詞性不同，並非以同一面目「示人」。「卻」可以放在由「但是」引起的表示轉折的分句裏。表示轉折的句子，總是先提出一個肯定的事實，然後用「但是」引出在意義上跟前面事實不同的另一事實。加了「卻」後意義不變，只是強調的意味更重，有「……但是……卻」和「雖然……但是……卻」兩種形式。例如：

他已屆古稀之年，但是記憶力卻驚人地好。

雖然停了雨，但是路卻更難走了。

在這兩種句式裏，「卻」不能放在主語（「記憶力」、「路」）前，只能用在主語後和謂語（「好」、「難走」）前。這也是「卻」和「但是」不同的地方——「但是」可以用在分句句首和主語前。還有，「卻」不能和「但是」或「但」連在一起，下面的句子就犯了這個毛病：

事情雖然棘手，但卻難不倒他。

雖然我們相距遙遠，但卻息息相通。

第一句可改為「……但是難不倒他」或「但是他卻沒有被難倒」；第二句可把「但卻」改為「但是」。

「雖然……但是……卻」這種句式有時可以省去「但是」，只保留一個「卻」：

雖然春天還未到來，園裏的鮮花卻已開了一大片。

天氣雖然熱，山洞裏卻陰涼得很。

「如果」與「一旦」

「如果」和「一旦」，一般人少會混淆，尤其是說話時，更鮮有用「一旦」這個詞。但是不少讀書人好像對「一旦」情有獨鍾，常隨心所欲地運用，有些地方分明純粹是表示假設的，也要來個「一旦」，似乎非「一旦」不足以表示書卷氣。請看：

懷着這麼大的希望參加，一旦落選，肯定受不了。

細菌散入空氣 ，他人一旦吸入就可能受感染。

一旦嬰兒哭鬧，應即弄清原因。

她擔心一旦考不好，很難向家長交代。

混戰之下，一旦跑出冷門，派彩必定可觀。

曾經看過一些文章，幾乎凡是該用「如果」的地方，一律代之以「一旦」，這是一種誤用加濫用的錯誤。

「如果」和「一旦」不是同義詞，詞性不同，詞義有別。「如果」是表示假設關係的連詞，同義的有「如若」、「假若」、「假使」、「倘若」、「要是」等；「一旦」是名詞或時間副詞，詞義古今相同，意為「一天之間」（如「毀於一旦」）或「有一天」。

「有一天」表示不確定，用於已然相當於「忽然有一天」，例如：「一旦擊之，所謂疾雷不及掩耳。」（《三國志・魏書・武帝紀第一》）「一旦令至，解械徑出。」（漢王充《論衡・辨祟》）用於未然則相當於「要是有一天」，例如：「秦王一旦捐賓客而不立朝，秦國之所以收君者，豈其微哉？」（《史記・商君列傳第八》）「一旦山陵崩，長安君何以自託於趙？」（《戰國策・趙策四》）在古漢語裏，「一旦」和「如果」也區分得一清二楚，今人之所以攪亂，除了是某些讀書人要表現書卷氣外，還因為「一旦」用於未然時含有「要是」的意思。

但我們不要把「有一天」的含義忘掉了，單有「要是」而沒有「有一天」的意義，是不宜用「一旦」的。本文開頭所舉的例句只是假設的語氣，應全部改用「如果」等詞。而當我們強調「如果有朝一日」的時候，當然可以用「一旦」：

南冰洋一旦融解，海平面將會上升六米。

大堤一旦崩決，後果不堪設想。

新機場一旦建成，足可應付數十年客貨運不斷增加的需要。

「矚目」和「觸目」

「觸目」和「矚目」都有「看」的意思，因此不少人在用到這兩個詞時都會犯「丁卯」不分的錯誤。其實這兩個詞的分別頗大。

「矚目」同屬目，意為注目、注視。如《漢書‧蓋諸葛劉鄭孫毋將何傳‧蓋寬饒》：「坐者皆屬目卑下之。」《晉書‧列傳第三十四‧秦獻王柬》：「甚貴寵，為天下所屬目。」《北堂書鈔‧太子太傅一百十六》：「太子始之東宮，四海屬目。」《宋書‧列傳第十九‧張暢》：「音儀容止，眾皆矚目。」「矚目」的詞義古今相同。在現代漢語裏「矚目」只是一個動詞，不兼其他詞類，而且是不及物動詞，在運用時多和「施事」構成合成謂語，「受事」卻不放在謂語後面作賓語，而是放到句子前面作主語。例如「中英關於解決香港問題的會談（受事作主語）舉世（施事）矚目（動詞，和『舉世』合在一起作謂語）」。這個句子不能改為「舉世矚目中英關於解決香港問題的會談」。「矚目」的主體（施事）通常是萬人、舉國、全球等詞，有時受「為……所」修飾，組成被動句，例如：「他的最新研究成果，為各國科學家所矚目。」「矚目」的上述特點，是「觸目」所沒有的，所以不能用「觸目」來代替「矚目」。日前某報有這樣的報道：「拯救灰鯨世界觸目」，這是不恰當的。

「觸目」意為目光所及，可理解為看見，但是實際上用起來多指「所看見的」。例如：「吾……達襄陽，觸目悲感，略無歡情，……」（《晉書・列傳第五十二・習鑿齒》）「城郭人民，觸目皆新，誰識當年舊主人？」（歐陽修《采桑子》）「觸目非論故，新文尚起予。」（杜甫《贈李八秘書別三十韻》）尤其是後一個，已明顯帶有名詞性質了。「觸目」還可以作為形容詞來用，意義跟顯眼、醒目差不多。例如：「尖沙咀一帶的廣告，晚上最為觸目。」「地下鐵路港島線每個站都用十分觸目的大字標出站名。」形容詞可受程度副詞修飾，因此可以說「很觸目」、「十分觸目」、「非常觸目」等。動作動詞不能受程度副詞修飾，「矚目」是動作動詞，不是形容詞，所以前面不能加「甚為」、「極為」、「十分」這一類的詞。下面這個句子中的「矚目」就用錯了：「他設計的新裝別具一格，在時裝界甚為矚目。」

最後要指出一點，「觸」和「矚」的普通話讀音是不同的，前者念「矗」，後者念「煮」，習慣用普通話思考、寫作的人一般不會出錯。粵語「觸」念足（dzuk[7]），也可念束（tsuk[7]）；「矚」念足。如果兩個都念足音，移東換西就在所難免了。

體型・體形・形體

「體型」是不少人喜歡用的一個詞。它可真頂用，可用於人，也可用於動物；動物中大至象，小至鼠，陸上的，水裏的，空中的，似乎無一不可以用。下面是摘自書報的一些句子：

長衣適合任何體型。

漁民的體型比較健碩。

象每天要吃很多植物，才能滿足其龐大體型的需要。

鴕鳥的體型是鳥類中最大的。

這種狼狗的體型很大。

筆者認為，這些句子中的「體型」都用錯了。

「體型」其實不是那麼管用的一個詞，它的詞義是比較窄的，只是指人體和畜體的類型。

換句話說，它只用於指人體和家畜身體各部分之間的比例，一般在用來作比較（成年人和兒童，男性和女性，毛豬和仔豬等）時才可以用。倒是「體形」可以用來指人或動物身體的形狀。

而「體形」的顛倒詞「形體」則指從外表看時的身體。

那麼上列各句中的「體型」改用甚麼詞才合適呢？首先要把人和動物分開；其次視具體情況選用確當的詞。就人體的外觀說，可以用「身材」、「身量」、「個子（兒）」、「身軀」、「軀體」等詞，有時可用「形體」、「身體」，例如「身材高大」、「細長身材」、「矮身量」、「小個子（兒）」、「身軀肥壯」、「軀體沉重」、「身體發胖」等。

至於動物，一般用「軀體」、「身軀」、「個子（不用個兒）」等，有時也用「形體」、「身體」，例如「鯨魚有龐大的軀體」、「這頭水牛身軀肥大」、「我家的貓個子小了一點」、「海豚的形體很美」。上文五個句子可分別改為：

長衣適合任何身材。

漁民的身軀比較粗實。

象每天要吃很多植物，才能滿足其龐大軀體的需要。

鴕鳥的形體（軀體、個子）是鳥類中最大的。

這種狼狗的個子很大。

同音之誤

一般學生認識的字不多，所以難免寫別字。但是書報和一些媒體上也常常出現錯誤的詞。這些錯詞中，許多都是因讀音相同或相近而誤寫的。學生往往把作家和媒體當作「榜樣」，可以說他們的別字、錯詞是從一些作者和媒體那裏學來的。現試列舉數例。

「欽羨」

一般作「歆羨」。歆者，羨也，悅服也，歆羨就是羨慕之意。《詩經・大雅・皇矣》：「帝謂文王，無然畔援，無然歆羨，誕先登於岸。」意為：「上帝啟示文王，不要跋扈狂妄，不要羨慕他人，先據高處為上。」欽、歆普通話分別念 qīn、xīn，粵語二字均念陰（yum[1]）。由於是同音字，難免會混淆。「欽羨」意為敬慕，如果只是羨慕的意思，沒理由寫作欽羨。例如「她有一個對她體貼入微的丈夫，值得歆羨」，難道可以說「值得（既）欽（且）羨」嗎？

「撕殺」

應是「廝殺」。廝者，互相也。「廝殺」、「廝打」、「廝

撲」、「斷說」、「斷守」均用此義。而「撕」是扯裂的意思，相鬥並非一定要撕開對方。

「開篷車」

應是「敞篷車」。篷是用竹篾、葦席或布等製成，用以遮蔽日光、風、雨的東西。「敞篷車」就是可打開篷子的車。注意，普通話習慣叫「敞篷」，不叫「開篷」。而「蓬」是一種草，跟「篷」扯不上關係。

其他

誤	正
手飾	首飾
與及	以及
綑邊	緄（滾）邊
殺一殺腰帶	煞一煞腰帶
殺科	煞科

容易混淆的詞

一些人在用詞造句的時候，常常喜歡以甲詞代替乙詞。如果甲、乙兩詞是同義詞而又能互換，那當然沒有問題。但是同義詞並非任何時候都可以互換，就算是等義詞也會有些差別。比如「爸爸」和「父親」，前者常用在口語中，有親切的意味；後者常用在書面上，有莊重的色彩。何況有些人並沒有真正理解甚麼是同義詞，甚至把一些形體相似的詞也拿來當同義詞用，鬧笑話。下面舉出幾個容易混淆的詞，並加以辨析。

「窈窕」「苗條」有分別

「運動有助於你保持窈窕的身段」、「她的身材很窈窕」，這類句子我們在書報上見過不少。且不說「身段」不等於「身材」，單說「窈窕」不能代替「苗條」。「窈窕」，古漢語解作美好，包括外貌美與內心美。《詩經》第一首中「窈窕淑女」句的「窈窕」就不是單指身材。《楚辭・九歌・山鬼》：「子慕予兮善窈窕。」漢揚雄《方言》曰：「美心為窈，美狀為窕。」這個詞義一直保留到今天。至於「苗條」，古漢語作纖長姣好解，有時可代替「窈窕」，但「窈窕」不能代替「苗條」。「苗條」後來解為細長而多姿：「草腳青回細膩，柳梢綠轉苗條。」（宋史達祖《臨江仙》）現代漢語的「苗條」，已專指女性身材細長柔美，其詞義與「窈窕」相去較遠了。

「凱旋」不等於「勝利」

書報上常有「凱旋歸來」的說法。其實「凱旋」包含了勝利和歸來兩個意思：「聞道凱旋乘騎入，看君走馬見芳菲。」（唐宋之問《軍中人日登高贈房明府》）不少人以為「凱旋」等於勝利，後面可以再加歸來，殊不知已重複了。

「如廁」有別於「用廁」

很多公用洗手間都可見到「如廁後請沖廁」的告示，相信人人都明白所指為何。但「如廁」並不等於「用廁」，「如」者，往也，到也，到廁所後即沖水，那使用完後要不要再沖呢？看來「如廁」這個詞有欠精確，不過大家都已看慣，也就不再細究了。

深入人心的錯詞

學生寫錯別字的問題，不少人已經談過，專著也出過好幾本。從小學至中學，相信上課時老師也多次提及。但是這個問題始終存在。尤其值得注意的是，書報上常常出現一些錯誤的詞，說得好聽，可以說成是創新，出奇制勝，但亦有些詞是頗有問題的，這些詞正是由寫別字而來的。它們有幾個特點：一、使用的範圍很廣；二、長期存在；三、文人帶頭用。由於這樣，有好幾個錯誤的詞已深入人心，習非成是，事情已不是學生寫錯別字那麼簡單了。

下面舉幾個例子來談談。

「揉合」

這個詞可以說是尋常見慣，像「揉合了兩種不同的風格」、「古典美和現代精神揉合在一起」之類的句子，舉不勝舉。其實沒有「揉合」這個詞，正確的寫法是「糅合」，「糅合」的意思是攙和、混合，跟一般人的理解有所不同。

「膽色」

「他有魁梧的身軀、精湛的球藝和過人的膽色」、「小小年紀

就膽色驚人」，這類句子我們見得還少嗎？甚至有些教科書的編者也這樣寫！「膽色」不是詞，如果要解，也只能指膽的顏色。顯然這是「膽識」的誤寫。粵語「識」與「色」同音，於是烏焉成馬，而且一直錯下去。

「雛型」

例句：「傳奇小說具有短篇小說的雛型。」又是一個「文人詞」。應改作「雛形」。「雛形」指事物定型前最初的形式，定型前哪裏有「型」！如果指按原物縮小中的模樣，「雛型」一詞尚可接受。

「菜色」

「今天晚上的菜色很豐富」，一般人都不覺得有甚麼不妥，然而「菜色」指吃菜度日所表現的營養不良的菜色，應改作「菜肴」、「酒肴」、「酒菜」等。「豐富」應為「豐盛」。

「天不造美」

許多人都這樣寫，這是不對的，應該改為「天不作美」。

普遍誤寫的詞

詞離不開字，寫別字必然會造成寫錯詞。別字不同於錯字，錯字指字的筆畫有誤，別字指把甲字寫成乙字。是否別字，要放在具體的語言環境裏才能判斷，譬如「飽」，放在「麵飽」這個詞裏就是別字，「麵飽」也成為「錯詞」了。像「麵飽」之類為不少人誤寫的詞還可以舉出好些個。

「歸究」

例句：「她把錯誤歸究於孩子的率性妄為。」「歸究」不是詞，應改為「歸咎」。

「制肘」

例句：「他覺得時時受到別人的制肘。」「制」是「掣」的誤寫。「掣」普通話念「撤」音，廣東話可念「撤」，也可念「制」，所以容易寫錯。

「花（化）算、花（化）得（不）來」

例句：「你認為這樣做化算嗎？」「為了吃頓好的而走那麼多冤枉路，真花不來。」許多人都是這樣寫的，不對，所有「花（化）」應改為「划」。「划」普通話念 huá。粵語念 wa[1]，如划

艇；「划不來」則念 fa⁵。

「倒頭來」

例句：「他刨足一季馬經，倒頭來還是輸掉不少錢。」「倒頭來」應作「到頭來」。倒、到有時同音，因此常使人寫錯詞。

「斑爛」

例句：「大自然給我們繪出一幅色彩斑爛的圖畫。」「爛」字錯了，改為「斕」才對。

「清洌」

例句：「溪水十分清洌。」「洌」也解作清，通常不放在「清」後面，而顛倒過來寫作「洌清」是可以的，但已變為清涼的意思。「清」後面一般跟「冽」，解作清冷或清涼。

「型態」

例句：「這棵羅漢松的型態很美。」「意識型態屬於上層建築。」「型態」是誤寫，應改為「形態」。

不能亂套

廣東話和普通話無論讀音和用詞都有很大的歧異。我們寫文章，每每遇到把口語變為書面語，把廣東話化為普通話的問題，掌握得不好，很容易出錯。比如廣東話說「面」，普通話說「臉」，有些人就據此一概以「臉」代「面」，如「臉貌」、「頭臉人物」、「臉紅耳赤」、「臉黃肌瘦」等。其實上述詞中的「臉」字按習慣都用「面」字。又如「南竹」，粵人稱為「茅竹」，北方人則據粵音寫作「毛竹」，今天後者才是標準的書面語。與此相反，此地文人筆下的「毛廁」，普通話卻變成「茅廁」了。我們習慣把自來水叫做「食水」，可能仿效食物、食糖等詞的叫法，但普通話卻叫「飲水」，可見不能亂套。

有些詞，看似普通話，實是廣東話。例如「白豆」、「黃糖」，如果你跟北方人「直說」，他們可能會不怎麼明白，應按北方人的概念，改為「黃豆」、「紅糖」。

有些詞，廣東話有，普通話也有，但意義有分別，或相差很遠。比如粵人說「出力」，北方人卻說「使勁」；普通話的「出力」，卻是盡力的意思。如果一起拉東西，你向北方同伴喊「出力」，他可能以為你懷疑他未盡全力呢。又如果你向一位北方同學說「回班房去」，可能會嚇他一跳，因為普通話的「班房」可解作監獄或拘留所。所以我們在用詞的時候要多加小心，避免「生搬硬套」。

用到「離格」的詞（一）

每一個詞都有一定的詞義和運用範圍，所以我們在調字遣詞時要嚴格選擇，務求用得準確、恰當。我們注意到有些詞語，在此地經過一段時間的運用，已經「離格兒」了。最初，可能是有些人一知半解，或浮皮潦草，或故作文縐縐樣，以示與眾不同，總之，開壞了頭。一般市民多有樣學樣，跟着文人和傳播媒介跑，於是，一些詞語就被誤用或濫用了。下面挑幾個來談談。

「泊」

這個字普通話念「薄」或「潑」，廣東話念「薄」，不知為甚麼香港人多念作「拍」，可能是英語 park 的譯音。無論古漢語或現代漢語，「泊」都可解作停靠，但只用於船隻。有幾首很有名的唐詩、宋詩，題目都有一個「泊」字，全是寫船的，如張繼的《楓橋夜泊》、杜牧的《泊秦淮》(有「夜泊秦淮近酒家」句)、王安石的《泊船瓜洲》等。

車不能說「泊」，現代漢語用停、停放、停靠等詞。香港由於官方用「泊（拍）車」這個詞，司機和一般市民自然跟着用，大家一直錯下去，到現在已積重難返了。

「召」

這是一個古漢語詞，意為請或呼喚。例如：《詩經•齊風•東方未明》：「顛之倒之，自公召之。」《詩經•小雅•出車》：「召彼僕夫，謂之載矣。」《淮南子•脩務》：「楚人有烹猴而召其鄰人。」王逸在《楚辭章句》中解釋說：「以手曰招，以言曰召。」

在古漢語裏，「召」逐漸與其他詞結合，組成一些雙音節詞，如「召集」、「召募」、「召對」、「召試」、「召諭」等。隨着時代的發展，「召」到今天已不單獨作為一個詞來用，只保留在「召集」、「召喚」等一些雙音節詞中。香港不少「舞文弄墨」的人很喜歡用「召」，我們常常看到諸如「召救護車」、「召消防車」、「召的士」、「召醫生」、「召警察」、「召妓」等一類詞語，這些都是不合現代漢語習慣的。除最後一個「召」外，其餘應視情況改用「叫」或「請」。

「壓後」

按理應是「壓後」而不是「押後」，「押後」無論如何解不通，「壓」則有積壓、擱下的意思。但「壓後」不能解作擱起加往後推。這個詞出現得較晚，是個僻詞，意義與壓尾、排尾、殿後相同。照字面上解，「壓後」就是放到最後面，而這個後只表示方位，不表示時間，所以諸如「壓後討論」、「壓後研訊」、「壓後處理」等的說法均不切當。這可能源於官方，報章跟着用，因而影響市民。其實表達推遲日期的意思有一些更確當的詞，像「延期」、「展期」、「緩期」等，且古已有之，例如：「除禍且不能，況能招致六國，延期至百年乎？」(漢王充《論衡•異虛》)「岳飛未至，……如此展期以待者六七日。」(《宋史•列傳第一百三十九•王次翁》) 若加上表示時間的詞，還可用「展緩」、「延緩」、「延遲」、「推延」、「推遲」等。

我們應該養成一個好習慣，寫文章時精心選詞，遇到疑問，不要盲從，多翻書本，弄清詞義，這樣必有助於我們用上準確的詞語。

用到「離格」的詞（二）

「機會」可算香港人的一個寵兒，長期被濫用，到處可見可聞。請看下面一些例子：

他這一下打得太差，輸了機會。

這個馬房的馬今天有沒有機會呢？

……的人染上愛滋病的機會很大。

吃不潔的海鮮食物有染上肝炎的機會。

在……地方游泳有被鯊魚襲擊的機會。

隨處堆放易燃物品，發生火災機會很大。

考「機會」這個詞，在古漢語裏有兩解。一、指恰當的時間、時機或具有時間性的客觀條件，例如：「陛下……行臣之策，天下幸甚，如失此機會，行恐後時。」（《范文正公集・卷十六・讓樞密直學士右諫議大夫表》）「動皆中於機會，以取勝於當世。」（韓愈《與鄂州柳中丞書》）二、指事物的關鍵、要害，例如：「漢中則益州咽喉，存亡之機會，若無漢中則無蜀矣。」（《三國志・蜀書・楊洪傳》）在現代漢語裏，「機會」的詞義已減少了，只餘第一項。「恰當的時間」，應理解為可藉以行事且可能得到好的結果；而「具有時間性的客觀條件」也多指有利的。例如：「這次考試對我來説是千載一時的機會，我一定不會放過。」「聽不到他的演講，錯過機會真可惜。」

現在我們根據「機會」的正確定義來分析一下上文六個例句，看看存在着甚麼問題。第一、二個句子中的「機會」，明顯是從英語搬過來。英語的 chance 不全等於現代漢語的「機會」，例如打桌球，英語可以多次説輸或贏 chance，有些遊戲和運動也有這種説法；現代漢語的「機會」，要看是否「恰當」和「有利」，時間不恰當或條件不利，則不能説是「機會」。第一句如果説因這一下打得太差而失去「這一次」機會，那就用得不妥當；如果説因這一擊而失去整局的爭勝機會，則還是可以用「機會」一詞的。第二句的所謂「機會」，除了和時機有關外，還要有其他因素，這個「機會」應是「可能」，即「取勝的可能」，可改説「有沒有取勝的可能」，此外還有「能否爭勝」、「有沒有把握」等説法。第三、四、五、六句都説擰了，染上愛滋病和肝炎、被鯊魚襲擊、發生火災這些倒霉的事怎能跟「機會」扯上關係呢？凡是對人不利，結果不好的事，無論如何不能説有「機會」發生，應改用「可能（性）」、「危險（性）」，如「可能會染上肝炎」、「有被鯊魚襲擊的危險」等。有時為說明某種事件在同一條件下可能發生或可能不發生，而不是要強調其危險性，則可用概率（機率）一詞，如第六句。

「環境」也是香港人愛用的一個詞。在現代漢語裏，「環境」指周圍的地方或周圍的情況和條件。但香港人盡量擴大「環境」的涵義，一般市民在日常交談中隨心所欲地運用，它甚至成了不少人的口頭禪。

譬如說「家庭環境不大好」，句中「環境」代替了境況；說「看看是甚麼環境」，這個「環境」不但指情況、條件，而且包括了好或壞、合適與否的意思；說「近來有乜環境」，這「環境」差不多等於打算、盼頭、大計、好主意等；說「你就好環境咯」，「好環境」成了寫意、順利、成功、得心應手、心滿意足的同義詞。雖然「環境」還不至充物「書面」，但由於耳濡目染，學生中亂用「環境」的人有越來越多的趨勢。語文工作者應注意這種情況，予以引導、糾正。

被濫用的詞

每一種語言都是相對穩定的。現代漢語的詞，經過長期的發展變化，其意義一般已約定俗成。當然，我們並不是說現代漢語的詞義已「行人止步」，不會發生擴大、縮小、增多、減少以至轉換的情況了。但是，絕大多數詞的詞義已在較長時期的社會與生活實踐的過程中確定下來，並為眾人所承認，那是一定不易的事實。我們在調字遣詞的時候，必須注意每一個詞的準確意義和應用範圍。法國作家福樓拜說得好：「世上沒有兩粒相同的沙子」;「要確切地描寫事物，應該做到準確地用一個名詞來稱呼事物，用一個動詞來標誌動作，用一個形容詞加以形容。因此，應該設法從無數的單詞中選擇這個名詞、這個動詞和這個形容詞，而決不滿足於找個近似的來應用，決不應蒙混」。

遺憾的是，此地常常出現「蒙混」的情形。有幾個詞，好像甚得文人和一般市民的歡心，不分場合、不論語言環境，掛在嘴邊，「躍然紙上」。為了糾正這種錯誤，拿幾個詞來「示眾」，頗有必要。

「品種」

「品種」是近代才出現的一個詞，是由古漢語的種、類、門等演變而來的。古人說到種類，多用種、類、品類等詞，例如：

「新年鳥聲千種囀，二月楊花滿路飛。」(庾信《春賦》)「便縱有千種風情，更與何人說！」(柳永《雨霖鈴》)「方以類聚，物以群分。」(《易經・繫辭上》)「仰觀宇宙之大，俯察品類之盛。」(王羲之《蘭亭集序》)現代漢語的「品種」並不等於「種類」。「種類」指事物的門類，任何事物均可以配上這個詞。「品種」有兩個義項：一是經人類選擇、培育而成，遺傳性狀比較一致，具有一定經濟價值的一種栽培植物或家養動物的群體，是一種農業生產資料；二是泛指產品的種類。如我們提到的事物不是經過人工選擇、培育的，不屬於農業生產資料，或者不是「產品」，就不能用「品種」這個詞。但香港很多人慣以「品種」代替「種類」，於是「品種」成了濫用詞，試舉例：

香港的毒蛇品種很多，有金環蛇、銀環蛇、眼鏡蛇……

……海灘上的貝殼品種可真不少。

真想不到蝴蝶有那麼多品種。

許多品種的青草都是牲畜愛吃的飼料。

科學家發現了細菌的一個新品種。

這些礦物樣本屬於另外一些品種。

類似上面的句子，我們還可以列出很多很多。這些句子中的「品種」都用錯了。因為它背離了正確的定義。「品種」之被濫用，可能是由口語開始，繼而發展到書面語。近二三十年來，粵人逐漸愛用「品種」一詞，各種事物固然用，到後來連計謀、做法甚至小動作、花招、伎倆等也成了「品種」（「搞甚麼品種」、「這麼多品種」等），習非成是，口語進入了「書面」，「品種」就盛行起來了。

「不俗」

在古漢語裏，「不俗」是超過當代一般人的意思，用於人而不用於物，如《三國志・魏書・公孫度傳》中，宋裴松之注引晉陳壽《魏名臣奏》：「奉車都尉鮾弘……冠族子孫，少好學問，博通書記，多所關涉，口論速捷，辯而不俗，附依典誥，若出胸臆……」但是在今天的香港，「不俗」除了用於人外，還用於股票、生意、馬匹……幾乎凡是令人滿意的情況，都可說「不俗」，諸如「生意不俗」、「銷路不俗」、「款式不俗」、「走勢不俗」、「狀態不俗」、「表現不俗」等等，屢見不鮮。其實在現代漢語裏，「不俗」還不是一個規範詞，我們最好不要亂用。

甚麼都可以「擁有」？

「不在乎天長地久，只在乎曾經擁有。」這是香港人耳熟能詳的兩句話。由於流行曲三天兩頭地唱「擁有」，某些廣告也呶呶不休地喊「擁有」，久而久之，人們以為啥東西都可以「擁有」了。亂用該詞的例子可謂俯拾皆是：

① 你媽媽是否擁有一件皮草呢？

② 這個幹部竟擁有一張香港永久身份證。

③ 這座舊樓擁有二十五年樓齡。

④ 條件是……至少擁有一年的教學經驗。

⑤ 這裏擁有很濃厚的宗教色彩。

⑥ 一個成功的製片人要擁有外交家的風度。

⑦ 貝多芬的作品擁有震撼人心的力量。

⑧ 此劇擁有完整的音樂設計。

⑨ 船民擁有很多利刀和尖鐵。

⑩ 很多人為了擁有一身柔嫩的肌膚……

這些句子中的「擁有」通通用錯了。擁有，表示對大量的（！）資源、土地、財產、人口或人員等居於所有者的地位，具有比喻為擁抱在身上的形象色彩；這些可被擁有的東西都是具體事物，數量一定要大，而可由資源、財產等產生的權力、地位等抽象事物也可以被擁有。很明顯，「擁有」這個動詞能帶的名詞賓語是有限的，範圍是比較狹窄的。

那麼，上列各個句子中的「擁有」應改用甚麼呢？意義跟「擁有」接近的詞有「有」、「具有」。「有」的意義和用法最廣泛，既可用於很多抽象事物，也可用於很多具體事物；而「具有」一般用於抽象事物，但限於跟意義、性質、力量、精神、風俗、特點等名詞搭配。①②的賓語是個別的具體事物，動詞應改為「有」。③的賓語雖是抽象名詞，但不能跟「具有」搭配，也要用「有」。④⑤⑥⑦⑧說的都是抽象事物，口語多用「有」，書面語多用「具有」。⑨⑩亂用「擁有」，⑨應改為「藏有」，⑩可改為「很多人為了使自己有一身滑膩（原句的「柔嫩」用得不恰當）的肌膚……」或「很多人為了達到有一身滑膩肌膚的目的……」

人人皆可稱「人士」？

「人士」這個詞在此地用得很普遍，已到了氾濫的程度，我們幾乎天天都可以看到、聽到它。先看幾個句子：

① 地鐵公司不應讓行乞人士佔用入口。

② 貨運人士，請用貨𨋢。

③ 一些炒家是這兩年炒樓獲利甚豐的人士。

這幾個「人士」都偏題跑轍，完全不當。「人士」由「人」加「士」組成。士，古代是四民（士農工商）之一，也是一種官。人士，古代指有名望的人和文人，《詩經・小雅》的《都（俊美）人士》甚至說那位俊美的人士「萬民所望」呢；其次也可以用來指黎民（集體名詞）。現代漢語的「人士」則特指有一定社會地位的、著名的、有影響的人物，或受人尊敬的人物，帶點褒義。依此解釋，例①「行乞人士」確實離格兒了，乾脆說「乞丐」不是更好嗎？②③句明顯屬濫用，應分別改為「搬運貨物，請用貨𨋢」和「一些炒家這兩年從炒樓獲利甚豐」。亂用「人士」的例子還可以舉出很多很多：

（一）

臺灣已拘捕了九個鼓吹獨立的人士

這裏的少壯（年輕力壯）人士很少　不少人士都不辨方向

一些有經驗的人士　有親屬在美國的人士

二十一歲以上的人士　有需要的人士　參加旅遊的人士

愛狗人士　愛車人士

（二）

入市人士　炒樓人士　吸煙人士　行賄的人士

兩名無證駕駛人士　黑社會人士

真不明白那些作者為甚麼這般喜歡用「人士」！有人甚至創造出「市場人士」一詞，實在有點費解。可能有人說：在自由社會，人人平等，用「人士」一詞可反映出每個人的尊嚴。誠然，在法律上，我們尊重每個人所應享有的權利，但語言講求準確性，有時還要講感情色彩，如果人人都可稱「人士」，遇到著名的或有影響的人物時，用「人士」這個詞還有甚麼意義呢？上列（一）組的「人士」還是改為「人」或「的人」好些；（二）可視情況改為「的人」或「者」，「黑社會人士」也可改為「黑社會人物」。

漢語的雙音節化

漢語一字一音，如果這個字是詞的話，就成為單音節詞；如果詞是由兩個字或兩個字以上構成的，就是雙音節詞或複音詞。古漢語中單音節詞佔很大優勢，可以說漢語的詞彙是以單音節詞為基礎的。但語言會隨着時代的發展而嬗變，漢語詞彙變化最顯著的特徵是雙音節化，且由來已久，至今仍在進行。所謂雙音節化，就是不斷將單音節擴展為雙音節詞。

雙音節化的結果之一是單音節詞消泯了，由雙音節詞取而代之。下面舉例子來說明，在每組詞中，前面的單音節詞在現代漢語裏已不再繼續使用：

朋—朋友　民—人民　徒—徒弟　隸—奴隸　齒—牙齒

徙—遷徙　貢—進貢　居—居住　助—幫助　習—復習

奇—奇怪　悦—喜悦　豐—豐富　籍—書籍　始—開始

雙音節化的結果之二是保留了單音節詞，又增加了雙音節詞，大大豐富了現代漢語的詞彙。例如：

國—國家　妻—妻子　聲—聲音　信—書信　胸—胸膛

孔—孔洞　訣—訣竅　祭—祭祀　嫁—出嫁　嚼—咀嚼

攀—攀登　睡—睡覺　懶—懶惰　樂—快樂　擠—擁擠

髒—骯髒　竟—竟然　縱—縱然

有些雙音節詞並不全等於原來的單音節詞，但至少等於其中一個義項。由於單、雙音節詞並存，我們在寫作的時候，可按音調、節奏、韻律等方面的要求，選用單音節詞或雙音節詞，使語言更生動活潑。誠然，以雙音節詞為代表的複音詞已成了現代漢語的主流，但是我們不要忘記，現代漢語仍保留了二千多個單音節詞，而且它們都有頑強的生命力。如果因為多用雙音節詞，逐漸對單音節詞的使用不那麼習慣，或為了語言的「鏗鏘和諧」而硬要將它雙音節化，那是不必要的，是違反語言規律的。

下一篇短文將討論此地不合規範的雙音節詞。

粵式雙音節詞

港產雙音節詞，有的來自口語，一些人在寫作時常無意用上；有的則同粵語有關，或由一個粵語詞和一個古漢語詞並列而成，或把一個粵語詞和一個現代漢語詞湊合起來，構成一個「新詞」。因源於粵語，故稱為粵式雙音節詞。例如：

口渴　幼細　企立　找贖　食水　痕癢

雀鳥　勤力　説話　蓮藕　鮮甜　蠶蟲

這些詞常出現在書面語中，久而久之，一般人都視之為標準語了。但是它們完全不合規範。「食水」以「食」代「飲」而成，普通話説「飲水」。「雀鳥」是典型的粵式詞，廣東人把鳥叫作雀（取其音），但雀寫出來後可不等於鳥，雀只是鳥中的一種。如果一定要用雙音節詞，有時可以把「雀鳥」顛倒過來成為「鳥雀」，「鳥雀」的正確解釋應是鳥和雀，解釋為鳥時多指一些較小的鳥。「説話」、「蓮藕」、「蠶蟲」普通話分別説「話」、「藕」、「蠶」。

「不准企立」四個字至今仍顯目地出現在許多巴士的上層和梯間。「企」是粵語，也是古漢語，普通話卻不用「企」來表示站，可改為「不准站立」或「不准站人」。「贖」、「幼」、「痕」

都是粵語，都要改。普通話和粵語都説找、找錢，「贖」在普通話裏沒有找（錢）的意思，所以不能説「找贖」，可用詞組「找零」代替；「幼細」可以改為「細」或「細小」；「痕癢」可改為「癢」、「癢癢」或「搔癢」。普通話的「鮮」，約等於粵語的「甜」（不是與鹹相反的味道），「鮮」「甜」不能並用，只用一個「鮮」字就夠了。「口渴」的「口」、「勤力」的「力」都是蛇足，應芟除。

普通話通常説「渴」、「乾」，如要用雙音節，可説「乾渴」、「焦渴」、「口乾」等；「勤」能單獨用，也可視情況改用「勤奮」、「勤勞」、「辛勤」、「勤謹」等詞。

文人的雙音節詞

本地作家，新一輩的不說，老一輩的以廣東人居多，其次是蘇浙人，這些人中能說標準普通話的相信不會佔多數。有一點值得注意的是，操方言而用普通話寫作的人，好像不大習慣使用普通話中的單音節詞，所以在他們筆下出現為數不少的不合規範的雙音節詞。年來筆者從書報和一些作品中摘錄了好些這樣的詞語，現列舉出來談談：

叮咬　拉曳　招受　拖拉　穿著　柱桿

架搭　配戴　破穿　烹燒　堵阻　啃咬

患染　猜估　絞扭　結紮　塗搽　塗敷

禽鳥　蓋搭　蓋罩　聞嗅　濃稠　噬咬

翹曲　鑿刻

顯而易見，這些詞語都是拼湊而成的，犯了「頭上安頭、屋上架屋」的毛病。此地一些作者以為盡量多用雙音節詞才合標準，豈料弄巧反拙。其實上面的詞語除少數外，都包含兩個意義相同或相近的現代漢語單音節詞，我們根據上文下理，選用其中一個就行了。比如「穿著」只是名詞，「穿」是動詞，「著」也可作動詞，同義，「穿」衣服只可用一個「穿」字，不能說「穿著」

衣服。「配戴」也是港人常用的，諸如「配戴安全帽」、「配戴眼鏡」、「配戴胸圍」、「配戴首飾」、「配戴職員證」、「配戴安全帶」等等，前四個例子的「配」都是贅疣，應刪去；後兩個例子的「配戴」則說左了，應分別改為「佩帶」或「佩戴」和「繫上」。說到用藥，「敷」、「塗」、「搽」都是一樣的。又如建築，可分別說「蓋樓房」、「造房子」、「搭橋」、「架橋」等（也可以選用「建築」、「建造」、「修蓋」、「搭蓋」、「搭建」等雙音節詞）。至於「燒烤」，在普通話裏是一個名詞，指燒製或烤製的肉食，港人拿它作動詞用，但它包括「燒」和「烤」，說「到野外燒烤去」還可以，說「燒烤豬扒（排）」就欠妥了。

有幾個詞在這裏要加以說明：「拉曳」是誤用詞，應為「拖曳」。「拖拉」用於行動、作風，並非拖或拉。「結紮」是醫學術語，不能解作一般的綁或紮。「裝載」指用運輸工具裝，不能指把東西放進器物內。

幾個涉及父親的詞

有幾個和父親有關的詞，如乃翁（父）、令尊、先父、家父等，常見於書面語；一些說話文縐縐的人，在口語裏也會用到。但是並非人人都懂得用這些詞。以下是見於書報的數例：

① 他跟隨乃翁多年，當然深得真傳。

② 馬國姊弟力驚人，稚齡力大拖車行，乃父曾拉動十噸巴士。

「乃父（翁）」古代指你的父親，如「惟乃祖乃父，世篤忠貞，服營王家。」（《尚書・君牙》）「家祭毋忘告乃翁。」（宋陸游《示兒》）至近代始見稱他的父親，如「他的乃父是我朝數得起一個清官。」（《醒世姻緣傳》第十六回）例①②不能說不對，但總覺得不及用作第二人稱好。

③ 大公子做生意的魅力遜於其令尊翁。

④ XXX 是我先父的朋友，又是我的師傅。

⑤ 他自小就受家父賞識，被認為可以繼承家業。

「令」是對別人親友的敬稱，後來專用於對方的親屬，所以只用於第二人稱的寫法。例③也是第三人稱寫法誤用了「令」，

還莫名其妙地在前面加個「其」（他的），而且把「令尊」、「令翁」、「尊翁」三個詞扭作一團，更加不當。

「先」指已死的人，多用於尊長。「先父」古代可指自己的亡父，也可指別人的亡父；後來多指自己的亡父，稱別人的亡父可用「先君」。例④顯然是指自己的父親，沒有必要畫蛇添足地加一個「我」字。

「家父」由古至今都是對人自稱己父。例⑤誤用了這個詞，應把「家父」改為「其父」。

談幾個人稱代詞

現代漢語的人稱代詞數量有限，用法也較簡單，似乎沒甚麼好談。但是其中也有幾個頗為特別，值得討論一下。

「妳」不宜使用

「妳」字在此地的報章上時有出現，諸如「愛護妳的秀髮」、「保持妳優美的身段」等，可謂司空見慣；許多人在寫給女性的文字裏也愛用「妳」。「妳」義同「嬭」（普通話念 nǎi、nǐ，廣東話念 nai^4、nei^4），《玉篇・女部》、《廣雅・釋親》、《集韻・薺韻》分別釋義云：「嬭，乳也。」「嬭，母也。」「嬭，女子名也。」「妳」作女性解非常罕見。新文化運動時期出現表女性的「妳」和「她」，經過幾十年的考驗，「她」在漢語裏站穩了腳跟，「妳」卻未能為大多數人所接受。原因是第二人稱在理論上和實際使用上，都沒有區別「性」的必要，即使是包括英語在內的印歐語系，第二人稱代詞也沒有「性」的區別。現今除臺灣一些字典外，內地一般的字典均不收「妳」字。如以普通話為準，「妳」不宜使用。

「您們」暫且存疑

「您」是第二人稱代詞，含有敬意，不用於多數，過去沒有

「您們」一詞。但近二三十年來，「您們」在內地的私人信件裏已較常見，連文學作品裏也有出現。港臺兩地則偶爾有人使用。這個詞在口語裏有沒有呢？有人在北京做過調查，絕少聽見中小學生說「您們」，但並不等於沒有。再調查一些老人，結論是確有出現過，但用得很少，主要見於三句話：「您們吃飯了嗎？」「您們請回吧！」「給您們添麻煩了。」這個詞能否使用，看來還得經過時間的考驗。

「我們」有時等於「我」

「我們」和「我」都是第一人稱代詞，前者表示多數，後者表示單數，本來界線分明，但有時「我們」也會變成「我」。比如一些理論性、學術性的文章，明明作者署名是一個人，但文中常出現「我們認為」、「我們的意見是」一類的句子；不少老師在上課時愛說「今天我們講第 × 課」。我們不能認為這些說法不對，這幾個「我們」都應理解為單數的「我」。文章中的「我們」語氣較委婉，使讀者較易接受；老師說的「我們」語氣較親切，密切了和學生的關係。

漢語的集體名詞

現代漢語有些名詞，表示人或某些事物的總稱，在語法上叫集體名詞。這種詞也跟英語的複數名詞不同，它們不是由單數名詞（漢語沒有「單數」、「複數」的提法）加統一的詞尾構成的。英語的複數名詞前面可加數詞；漢語的集體名詞不能這樣，要加只能加「全體」、「全部」、「部分」、「這些」、「所有」、「一切」等表示多數的定語。現將一些集體名詞列舉如下：

人口　人民　人群　人類　布疋　田畝

寺院　百姓　舟楫　車輛　伴侶　河川

河流　房屋　門户　花朵　果品　星斗

食物　馬匹　書本　書籍　神明　神靈

島嶼　船隻　船舶　湖泊　詞彙　詩篇

群眾　僧侶　僧徒　豬隻　樹木　藥品

有些人可能不知道這些詞是集體名詞，有些人則可能受了英語的影響，把它們當作個體名詞來用，於是出現了錯誤的搭配：

密西西比河是美國最長的河流。

這所房屋很舊了。

這是今天晚上最亮的一顆星斗。

這個神靈有求必應。

火山爆發後海上出現了一個新島嶼。

夫人嚴刑拷打，只為一首詩篇。

廟裏只剩下一個僧侶。

上列句子中的「河流」應改為「河」，「房屋」應改為「房子」，「星斗」應改為「星」，「神靈」應改為「神」或「菩薩」，「島嶼」應改為「島」，「詩篇」應改為「詩」，「僧侶」應改為「僧人」。

「僧侶」和「情侶」不同，雖則都有一個「侶」字，但情侶可指雙方，也可指一方，因此可以說「一個情侶」；有些人可能據此生搬硬套，「創」出「一個僧侶」來。而「船」加「隻」、「豬」加「隻」後成了集體名詞，是個雙音節詞，讀起來較順口；有些人就依樣畫葫蘆，造出「狗隻」、「牛隻」等詞，出現了「管好狗隻」、「司機要小心公路上的牛隻」等說法。

我們應要注意改正這種用詞造句上的錯誤。

單數複數一個樣

漢語的名詞跟英語等一些語言不同，在構詞上沒有「數」的形式，不論單數、複數，形式一樣。

例如「一個蘋果、十個蘋果」，「這座城市、那些城市」，「一個國家、很多國家」，「一種制度、兩種制度」，「蘋果」、「城市」、「國家」、「制度」在形式上沒有變化。由於這樣，名詞在語法上沒有「數」的範疇。

那麼，在指人的名詞後面加「們」，算不算是複數的形式呢？不能這樣說，比如「孩子們」、「朋友們」、「姊妹們」、「職員們」，這些都不是詞，而是詞組。至於「人們」，意思是泛指許多人，並非「人」這個詞的多數形式。

順便說一說，「人們」是白話文運動以後才出現的一個詞。有些人好像不大喜歡這個詞，以「大家」代替它。「大家」是代詞，常常包括說話人和聽話人在內，不包括說話人時，說話人不是與聽話人，就是與所代表的人有密切的關係，而「人們」多用於客觀的敘述，所以不能以「大家」取代之。

有些作家、詩人在「鳥」、「馬兒」等詞後面加「們」，成為「鳥們」、「馬兒們」等，這也不是單數變複數，只是一種擬人的

寫法，而「鳥們」、「馬兒們」等詞至今還沒有被承認為規範化的詞語。

在指人的名詞後面加「們」是有條件的，如在這種名詞的前面有數量詞或在句中有其他表示多數的詞語時，就不能再用「們」，下面幾個句子就犯了誤用「們」的錯誤：

報名參加露營的同學們很多。

大部分職員們都加了薪。

九個議員們先後發言。

我們班參加天才表演的有十幾個同學們。

這些句子裏，因為有了「很多」、「大部分」、「九個」、「十幾個」等表示多數的詞語，就不能再加「們」了。這種隨意加「們」的錯誤，可能和外語的影響有關。

古今有別的詞

每一種語言都是相對穩定的，漢語也是這樣。拿詞語來説，有為數相當多的詞生命力十分頑強，由古至今意義一直沒有甚麼改變。但語言整體絕不是一成不變的，隨着社會的發展，必然會發生舊詞死亡、新詞誕生、詞義加減、改變的情況。下面試就詞義方面談談幾個古今有別的詞。

「過往」

「過往」是動詞，表示過去、逝去。三國魏曹丕《與吳質書》:「少壯真當努力，年一過往，何可攀援?」在現代漢語裏，「過往」仍是動詞，但意義已有變化，除了「往」以外，還有「還」的意思。例如:「東區走廊上一天到晚過往(表示來去)的車輛真不少。」「這段時間我跟他過往(表示來往、交往)很密。」古漢語的「過往」又是一個表時間的名詞，相當於「從前」，粵語保留了許多古漢語的用法，所以類似這樣的説法很常見:「目前員工比過往少」、「他過往的表現不是這樣差」、「她忘不了家庭過往發生的事」等，看來粵語的「過往」比普通話多了個義項。

「接納」

古漢語的「接納」相當於接受，如「光武深接納之」(《後漢書•馮岑賈傳•岑彭》)，又《三國志•魏書•呂布傳》:「先是，司徒王允以布州里壯健，厚接納之。」「納」、「受」都是動詞，意義相近，但「納」的對象較具體，多用於人或物、尤其是人，如《左傳•文公十六年》:「諸侯誰納我？」用於物如《詩經•豳風•七月》:「九月築場圃，十月納禾稼。」「受」則多用於動作行為或事物，如「受命」:「天立厥配，受命既固。」(《詩經•大雅•皇矣》)「受託」:「受孺子之託，任天下之寄。」(《漢書•王莽傳》) 還有「受教」、「受諫」、「受寵」、「受贓」、「受罪」、「受傷」等。在現代漢語裏，「接納」的意義已有變化，專指接受個人或團體加入組織或陣營。「接受」則由古漢語的「受」發展而來，也用於動作行為或事物。但港臺不少人今天仍用「接納」代替「接受」，如「我接納你的意見」、「他的解釋不獲接納」、「大家終於接納現實」等，此種用法頗值得商榷。應該指出，一些報刊已越來越多用「接受」這個詞了。

「屆滿」

這是近代出現的一個詞，意為期滿。漢語由古至今專指規定的擔任職務的時期已滿，如「屆滿離任」、「屆滿不再續約」，但此地一些人仍把它當作期滿的同義詞，例如「居住期屆滿」、「試用期屆滿」、「展期屆滿」等，這些用法都是不恰當的。

舊詞翻新

現代漢語源於古漢語。和世界上許多語言一樣，它也是一種「活」的語言，長期以來一直在發展變化。

現代漢語的基礎語言北方話，由於千多年來受北方少數民族語言的影響，跟其他方言比較，古漢語的因素相對地保留得少一些。

有些詞在古漢語裏曾出現過，進入「官話」或普通話時代已泯沒，但是在近二十年間又「冒」了出來。

別以為在現代漢語辭書上找不到的一些詞語不合規範，實際上內地的文學作品和報刊已在使用，有些還用得比較多。這裏挑幾個來談談。

「溫馨」

是一個形容詞，原指清新可愛，見韓愈《芍藥歌》:「溫馨熟美鮮香起，似笑無言習君子。」現在的涵義擴大了，有美好、甜蜜、幸福之意，如「溫馨的家庭」、「溫馨的夜晚」、「溫馨的話語」等。

其實這個詞在港臺地區早已流行，不過到今天已用得有點濫，諸如「溫馨的關懷」、「溫馨的場面」、「溫馨的歡樂」等，似乎太神通廣大了。

「獵捕」

古漢語有「捕獵」一詞，不解作捕捉，而是打獵的意思。《遼史・道宗二》：「辛酉，禁漢人捕獵。」香港的文人很早就「繼承」了「捕獵」，把它視作捕捉的同義詞。但內地將這個詞顛倒過來，改為「獵捕」，也是捕捉（禽獸）的意思。至於「捕獵」，在普通話仍有使用，不過比「獵捕」少。

「曝曬」

在古漢語裏，多用一個暴（或曝）字表示曬。《孟子・告子上》：「一日暴之，十日寒之，未有能生者也。」間有用「曝曬」的，如顏之推《顏氏家訓》：「屋漏沾濕，出曝曬之。」香港一些文人長期以「曝曬」代曬，可能認為雙音節比較單音節好。

普通話一般只用一個「曬」字，「曝曬」一詞較少用，此詞有時指陽光強烈地照射；而「暴曬」則為在烈日下久曬之意。

「強人」

早期白話原指強盜，與強徒同義。《水滸傳》第二回：「如今上面添了一夥強人……」現在詞義有變，指能力強的人。這個詞在此地用得較早，可能源於英語的 strongman。近年來，內地的報刊上時有出現，北京一份報紙甚至為它作註，說強人「是一種被歌頌、被讚美的人物」。

港臺詞語輸入內地

漢民族共同語是在通行於政治經濟中心地區的北方方言基礎上發展起來的。臺灣雖然遠離北方，但那裏的國語實質上與內地所稱的普通話沒有甚麼分別；香港地區日常使用粵語，而書面語言還是以普通話為主導，所以，中港臺之間在書面語言上不存在太大的障礙。只是近四十年來，由於制度有別，或地域不同，三地的語言難免會出現同中有異、異中有同的情況。尤其是新詞方面，港臺和內地之間較難互相吸收。譬如內地的政治術語和其他新詞，港臺一般人很難接受認同。

而港臺兩地，在長期與外國的頻繁交往中湧現出來的新詞，因產生於一隅之地，能否進入現代漢語的大家庭，可否隨意運用，對於抱嚴肅態度從事寫作的人來說，確是一個疑問。內地自實行開放政策以來，情況已有了變化，能打開大門接受新事物。現在已不再是港臺接受不接受內地新的名詞術語的問題，而是內地正在不斷吸收來自港臺兩地關於經濟、文化生活等方面的一些新詞。下面列舉的詞語已進入普通話的範疇，成為漢民族共同語的一部分了。

名詞

如「托福」、「代溝」、「資訊」、「台型」、「盒帶」、「空（中小）姐」、「星」、「牛仔褲」等。「托福」譯自英語 TOEFL，照臺灣習慣用「托」字。「資訊」一詞由臺而港而內地，意為所有資料、訊息的總稱。「星」指為人所崇拜、注目的人物，或指在某方面有十分突出表現和成就的人，如歌星、影星、球星、新星、笑星（港人稱諧星）等。

動詞

如「劫機」、「爆冷門」、「減肥」、「投訴」、「起飛」等。「爆冷門」海峽兩岸現均解釋為弱者或不引人注目的一方，出乎意料之外取勝。「肥」在普通話裏通常不用來形容人，但「減肥」的「肥」指肥胖，與廣東話的「肥」相同。

形容詞

如「新潮」、「明艷」等。「新潮」一詞在臺灣指人的行為、思想走在時代前面；香港和內地則指在衣著、行為等方面比較開放、時髦。

詞組

如「爬格子」、「參賽」、「熱身賽」、「電視劇」、「收視率」等。「爬格子」是此地一些作者對自己從事的寫作生涯的自嘲，現在內地也用這個詞來比喻寫作。「電視劇」、「收視率」是在內地的電視廣播事業迅速發展起來後，從港臺吸收進去成為新詞的。

「港詞」北上

近年來，內地出現了不少帶「港」字的詞，例如「港人」、「港胞」、「港商」、「港客」、「港式」、「港褲」（或稱「中褲」，港稱「三個骨褲」，臺稱「過膝褲」），甚至照搬此地的「港姐」、「港紙」等詞。本文題目中的「港詞」則是自創的。

粵語是香港的官方語言之一，它是本港社會上的主要交際言語。據廣州的南方衛視稱，全世界母語是粵語的人口達一億二千萬。與其他方言比較，粵語是在國內外影響最大的方言，這不僅因為有近二千萬粵籍華人散布世界各地，還因為有一個在制度上和內地「並駕齊驅」、對內地的開放政策起着重要作用的香港。

內地的學者認為，民族共同語和方言的關係是兄弟關係而不是父子關係。更何況香港的地位如此重要，決非廣州可比，今天想「用普通話來統一粵語」（前廣東省某領導人語）談何容易！相反，十多年來「港詞」成群結隊北上，進入廣東省，其中不少更闖進了「正統」的普通話天地。

當然，漢語是有生命力的，它不排斥方言和外國語言中的有益成分，不斷吸收一些外來而形象生動的詞語，豐富共同語的表達能力，這是有百利而無一害的。現在試舉出一些已為內地公眾接受的「港詞」。

名詞

如「T恤」、「的士」、「巴士」、「波鞋」、「電飯煲」、「國腳」、「公關」、「斑馬線」、「豪華車」、「桑拿浴」、「發燒友」、「超級市場」、「白領工人」、「藍領工人」。「T恤」、「的士」、「巴士」、「波鞋」是地道的粵語譯音詞或半譯音詞。「電飯煲」也是粵語詞，廣東話的「煲」作名詞指有底有壁的鍋，作動詞相當於煮熬。「電飯煲」由香港北上進入內地之初，北方人都不會念「煲」這個字，有人還以為是「保」與「火」的合音呢。但過不了多久，人人都會念了，懂得煲飯了。「超級市場」內地也有叫自選商場的。

動詞

如「爆滿」、「埋門」、「出線」、「搏殺」、「搞掂」（普通話發不出「掂」音，改念「搞定」）。「爆滿」一詞早已傳入廣州，近年連《人民日報》也採用了。「埋門」是香港足球術語，最近詞義有所擴大，借指接近重要的關頭或決定性的時刻。

形容詞

如「爆棚」、「搶手」。「爆棚」在此地除了可解作人滿之外，還有勁、非凡、匪夷所思之意；內地則解作客滿、擁擠、賣座、精采、受歡迎。

另外還有幾個詞已多次出現在廣州、上海、北京等地的報刊上，如「拜拜」（再見）、「擺烏龍」、「炒魷魚」、「塞車」、「雪糕」（其實雪糕比冰淇淋更貼切）。這些詞看來多半可以在漢民族共同語裏佔一席位。

談三個粵語詞

粵語的詞彙異常豐富，此地不少人寫過辨析、考究的文章。

今天筆者也來湊熱鬧，談三個粵語詞。

「烏喱單刀」

這個詞大家都知道是糊裏糊塗或一塌糊塗的意思，但是它的來歷卻很少人提及。

筆者的家鄉新會倒有一個傳説：南宋末年，元軍南下，把小皇帝趙昺趕至新會崖門，最後攻破崖山，丞相陸秀夫背着趙昺投海殉國。元軍中有一個將領叫烏里（音喱），長相兇惡，慣使單刀，他姦淫擄掠，壞事做絕。一天他駕着小船，到銀洲湖去調戲漁家女，遇上幾個青年，合力把他的船掀翻，活活淹死了這個十惡不赦的傢伙。

許多年後人們把烏里的生鏽單刀撈起來，擺放在關帝廟門外「示眾」，日子久了鏽得一塌糊塗，從此「烏喱單刀」一詞流行開了。

「水淨（靜）河飛」

這個詞廣東話解作空無所有，寂然無聲。但河是怎麼會飛的呢？原來是一字之轉。

關漢卿《望江亭》第二折道：「你休等的我恩斷義絕，眉南面北，恁時節水盡鵝飛。」這個詞比喻恩義斷絕。

到了明代，詞義有所變化。明朝正德年間，宦官專權，他們常假借聖旨坐船到各地去胡作非為，每到一個地方就大吹喇叭來顯威風。

高郵才子王磐為此寫了一首叫《朝天子・詠喇叭》的散曲：「喇叭喇叭，曲兒小，腔兒大。……軍聽了軍愁，民聽了民怕，……眼見的吹翻了這家，吹傷了那家，只吹得水淨鵝飛罷！」這裏比喻失去一切，弄到空落落的，跟粵語的含義差不多。至於「鵝」改作「河」，大概因音誤而寫錯。

「拗胡公（婆）」

是傳說中的一種怪物，大人常用來嚇唬小孩。這個詞可能也是古代傳下來的。

據《太平廣記》引唐人張鷟的《朝野僉載》說：東晉列國後趙石勒將麻秋，胡人，兇殘好殺，人畏之。里有兒啼，母即恐之曰：「麻胡來！」啼即止。或指隋煬帝猛將麻祜（普通話 hù，廣東話 wu³），祜常虐民，百姓畏懼，常用其名來制止小兒夜啼。

也許「麻胡」經過長期的流傳而「走了音」，最後成了粵語的「拗胡」。

詞素的次序可否顛倒?

漢語用的是方塊字，一字一個音節。現代漢語的詞大多數由兩個音節構成，其中只有一個詞素的詞為數不多，如「玫瑰」、「咖啡」、「葡萄」、「蜘蛛」、「蝙蝠」等；更多的是兩個音節各代表一個詞素，組成一個合成詞，如「血汗」、「道路」、「土地」、「羅網」、「語言」、「英雄」、「買賣」等。正因為漢語有這樣的特點，所以前人在造詞的時候，會遇到一個詞素的次序問題，譬如說是「血汗」呢，還是「汗血」? 是「買賣」呢，還是「賣買」? 這種情況是一切音素文字（如英文）所不會有的。英文等語言每個詞都有固定的寫法，字母和音節都不能調換。

我們今天說的漢語，當然以現代漢語為準。現代漢語的詞經過長期的演變，已經約定俗成了。拿詞素的次序來說，一般已固定下來，不能隨意顛倒。試比較一些詞和顛倒後的詞：

力學—學力　火柴—柴火　加強—強加

生產—產生　青年—年青　事故—故事

花紅—紅花　來回—回來　科學—學科

語言—言語　象徵—徵象　證明—明證

很明顯，一經顛倒，詞義就判若鴻溝。

但是現代漢語仍有一些詞的詞素次序可以對換，構成的詞叫「同素異序詞」，是一種很特別的異形詞，它們的詞義是完全相同的。例如：

士兵—兵士　乞討—討乞　亢奮—奮亢　介紹—紹介

牛馬—馬牛　代替—替代　式樣—樣式　安慰—慰安

空虛—虛空　放置—置放　命運—運命　朋友—友朋

相互—互相　健康—康健　紳士—士紳　尋找—找尋

喜歡—歡喜　順暢—暢順　離別—別離　運載—載運

搭乘—乘搭　敬奉—奉敬　感傷—傷感　感情—情感

躲藏—藏躲　演講—講演　潤滑—滑潤　蔬菜—菜蔬

寰宇—宇寰　整齊—齊整　錄取—取錄　擦拭—拭擦

隱私—私隱　離別—別離　癡心—心癡

其中「相互」和「互相」略有區別（譬如說「相互關係」不說「互相關係」），「整齊」、「尋找」比「齊整」（粵語用齊整）、「找尋」用得更多，而「友朋」、「紹介」、「運命」已很少用了。

有一些詞，顛倒後意義有所變易，如：

兄弟—弟兄　糧食—食糧　輪渡—渡輪

鬥爭—爭鬥　緊要—要緊

我們用到這些詞時，要注意詞義的區別，避免混淆。

粵語的「顛倒詞」

廣東話有很多「顛倒詞」，茲列舉如下：

人客　牛牯（牯即公）　布碎　利便　定必　芳芬

釘裝　乘搭　臭狐　液汁　割宰　補替　評講

菜乾　經已　險兇　領鑒　豬乸（母豬）　數尾

雞公　繞纏　懷緬　韆鞦

其中一部分是口語，如「人客」、「布碎」、「臭狐」等，是廣東話特有的，由於相沿成習，有些人在寫文章時也用上了；一部分在書面語中用得更多，如「定必」、「經已」、「懷緬」等，有時也出現在口語中。

為甚麼有這種顛倒的現象呢？原因之一是古漢語的影響。自周秦以後，漢人逐漸南下，由於山川阻隔，交通蔽塞，所操語言日益疏遠了北方漢語而獨闢蹊徑，保留了較多古漢語成分，單以詞語來說就不知凡幾！「顛倒詞」中的「韆鞦」、「利便」等即源於古漢語。

相傳漢武帝祈千秋之壽，千秋為祝壽之辭，故後宮一種遊戲以「千秋」為名，後倒讀為「秋千」並轉為「鞦韆」。粵語稱「韆鞦」並非全無根據。「利便」則是因利乘便的略語，先利而後便，語見漢賈誼《過秦論》：「因利乘便，宰割天下，分裂河山。」而「便利」一詞亦古有之，但粵人保留了「利便」而捨棄「便利」。

原因之二是少數民族語言的影響。南粵原是少數民族聚居地，漢人南下後，民族混雜的結果必然是語言互相滲透，少數民族語言中的一些成分難免進入了南粵的漢語。粵語中一些偏正式雙音詞把修飾性詞素放在被修飾性詞素後面，如「人客」、「菜乾」、「雞公」等，這在北方方言中十分少見，但在壯、侗、瑤等語言中卻極為平常。由此亦可見，粵語不但善於繼承、保存（古語古詞），而且喜於求變、吸收（別的語言）。

隨意顛倒不成詞

詞是由詞素構成的，如組成「人權」和「民主」的詞素分別是「人」、「權」和「民」、「主」。漢語的構詞法十分靈活，詞素顛倒而意義不變的詞為數不少，除了《詞素的次序可否顛倒?》一文列舉的外，我們還可以再舉出一些。例如：

平坦　庇護　折磨　吞併　直率

泉源　寂靜　適合　習慣　痛苦

牽掛　感情　厭煩　詛咒　熟稔

健壯　緩和　開展　壓抑　竄改

蹺蹊　暖和　察覺　顫抖　歡騰

筆者在拙著《正字典》中共收集了八百三十多個這樣的異形詞(包括倒換次序前後兩個詞)，為數之鉅，十分驚人。但必須指出，「同素異序」這種現象是漢語在長期的發展過程中形成的，是經過人們在積年累月的語言實踐中確認的。我們決不能據此推而廣之，隨心所欲地顛倒一些不應該顛倒的詞素。

寫到這裏，不禁想起了古人對「顛倒詞」的看法，儘管古漢語用詞靈活多變，倒語和倒裝句更是尋常見慣，但古人也反對隨

意顛倒語詞，視「顛倒詞」為不可原諒的舛錯，並加以譏諷。傳說明英宗有一次出外打獵，叫群臣賦詩以誌其盛。某國子監祭酒（全國最高學府的主管官員）在詩中將「雕弓」寫成「弓雕」，傳為笑柄。某監生（國子監學生）不怕犯上，寫了一首詩來揶揄他：「雕弓難以作弓雕，似此詩才欠致標。若使是人為酒祭，算來端的誤廷朝。」作者故意把「標致」、「祭酒」、「朝廷」等詞顛倒了，以「顛」攻「顛」，直指此祭酒有負朝廷的使命，可謂絕不留情。

還有一個傳說：清乾隆皇有一次遊江南，來到一座大墳前。乾隆皇指着墳前的石人問一個翰林：「它叫做甚麼？」翰林想了一下說：「仲翁。」原來這種石人在古代神話裏叫翁仲，這位翰林卻把它說顛倒了。乾隆皇很生氣，立即寫了一首詩，把他貶為通判（輔佐知府的官）。乾隆皇寫的也是倒語詩：「翁仲為何作仲翁？只因窗下少夫工。從今不許為林翰，貶出朝房作判通。」這個故事有不同的版本，雖然不一定實有其事，但流傳頗廣，可見古人對這種顛倒語詞很不以為然。

根據筆者收集所得，此地存在着不少不合規範的「顛倒詞」，大致有以下幾種。

來自粵語的「顛倒詞」

粵語的「顛倒詞」頗多，除了另文臚列的，還可舉出若干個：

大命　畜牲　晨早　行人路　扶手電梯

這些詞是口語，也出現在書面語裏，其中「行人路」用普通話來說是「人行道」，「扶手電梯」普通話叫做「手扶電梯」。我們如果寫生動「鬼馬」的粵語或「三及第」文章，當然可以用這一類詞；但如果寫的是標準的白話文，就得把這些詞顛倒過來。

來自文人的「顛倒詞」

書報和某些「媒介」上的「顛倒詞」大都出自文人之手，而且可能是互相「抄襲」的。例如：

（一）顛倒後不再成為詞

去除　止截　污玷　回返　妙曼　低貶　念掛

指染　病發　送贈　恕饒　逐趕　蓋掩　稱著

護擁　兩小口

「止截」、「低貶」、「送贈」、「稱著」和前文提到的「懷緬」等「顛倒詞」在報章屢見不鮮，人們還以為它們是「規範詞」呢。

（二）顛倒後雖成詞但非原意

色變　定斷　度量　婉柔　散渙　圓渾

「色變」特指臉色改變，如比喻時局變化，就要用「變色」（風雲變色）。「斷定」解作下結論，「定斷」指斷案。「度量」是名詞，「量度」是動詞。「散渙」只作動詞用，「渙散」可作形容詞、動詞，如指精神、紀律等散漫、鬆懈，只能用「渙散」。「柔婉」有婉轉意，「婉柔」則有柔弱意，不宜混用。「圓渾」是詞，但不解作圓。

來自流行曲和戲曲的「顛倒詞」

例如「候等」、「壓欺」、「懼畏」、「護愛」、「籠牢」和前述的「定必」、「低貶」、「經已」等，為了押韻而「打茅波」。時間一久，年輕一代就「有樣學樣」了。這種隨意顛倒的風氣必須煞住。

竄改成語不妥當

成語是長期以來形成的固定詞組或短句，一般由四個字組成，能夠獨立地自由運用，在實際運用上可以作為詞來看待。成語有兩個特性：第一，它是約定俗成的，無論是來自古代典籍或人民口頭的成語，一旦「約定」下來，大家就得承認它，沿用它；第二，它具有完整性和定型性，其意義要從整體來理解，結構形式和組成成分是固定的，最好不要隨意變動和更改。譬如十五個吊桶，雖則七加八和八加七都是十五，我們還是依習慣說「七上八落」，不說「八上七落」；同樣，「三心二意」不能改為「二心三意」；「向壁虛構」也不能說成「向隅虛構」；「狼奔豕突」不能說成「牛奔馬突」等等。

但是，語言習慣較難約束得住香港人，有些成語還是給一些港人改了。明明是「未雨綢繆」，不知為甚麼變成了「未雨籌謀」；明明是「言人人殊」，不知為甚麼變成了「人言人殊」；明明是「平分秋色」、「水落石出」，又不知為甚麼變成了「平分春色」、「水清石現」。幾乎人人都這樣說，於是口頭語言「順理成章」地成了書面語言，這樣寫的人也就越來越多了。雖然是一二字之差，但決不是小問題。如果成語可以隨意的改動，那就等於否定了「約定俗成」的原則，不承認它的完整性和定型性，這樣一來，還有甚麼「成語」可言呢？

下面列出一些給竄改了的成語，並恢復其本來面目（前誤後正）：

大造文章—大做文章　七彩繽紛—五彩繽紛

口才便給—口才辯（辨）給　中正下懷—正中下懷

水清石現—水落石出　加枝插葉—添枝加葉

以偏蓋全—以偏概全　污煙瘴氣—烏煙瘴氣

名不經傳—不見經傳　汪洋大盜—江洋大盜

見錢開眼—見錢眼開　坐食山崩—坐吃山空

林林種種—林林總總　前功盡費—前功盡棄

相輔相承—相輔相成　家傳戶曉—家喻戶曉

時不與我—時不我與　隻手遮天—一手遮天

借花敬佛—借花獻佛　強差人意—差強人意

隆重其事—鄭重其事　單人匹馬—單槍匹馬

萬應靈藥—萬應靈丹　感慨繫之—感慨係之

與別不同—與眾不同　窮凶惡極—窮凶極惡

標奇立異—標新立異　靈機一觸—靈機一動

頹垣敗瓦—斷壁頹垣（斷井頹垣、斷壁頹垣、殘垣斷壁、頹垣敗壁、頹垣敗井）

亂拆亂砌非成語

詞由詞素構成。成語形式上是詞組甚或兩個詞組，但在運用中只作一個詞看待。詞的詞素不能隨意顛倒，成語的結構也定型化，其結構形式和組成成分一般不能隨意變動或更改。

當然也有特殊的情況，如「國泰民安」、「刻骨銘心」可分別説成「民安國泰」、「銘心刻骨」（前後兩部分對調）；「梅妻鶴子」，亦作「妻梅子鶴」（兩個詞組本身的成分對調）；「冰解凍釋」、「陰錯陽差」、「花團錦簇」可分別寫成「凍解冰釋」、「陰差陽錯」、「錦團花簇」（上下兩部分交叉互換）。

但是，這樣的變化是經過時間考驗的，是人們相沿成習的結果。如果認為有「先例」可援，就可以隨便把成語拆開，打亂它的成分，任意拼湊，那是行不通的，最終只會造成語言的混亂。譬如「人亡政息」就不能改為「人息政亡」，「山盟海誓」不能説成「山誓海盟」，「殺雞駭猴」不能改成「殺猴駭雞」。遺憾的是我們這裏卻存在着不少「亂拆亂砌」的成語。例如：

抱打（打抱）不平　瘦骨（骨瘦）如柴

疊屋（床）架床（屋）

這是典型的廣東話「成語」。又如：

時不待我（我待）　時不與我（我與）

許多人不知道古漢語的否定句如賓語是代詞時可將賓語放在動詞前面，因而寫錯。

其他錯誤，或因不知出處，或因不懂詞義，或因自作聰明，或因「先生（包括傳媒）教落」而造成的。現再列出一些錯誤的「成語」，並予以改正：

誤	正
人盡皆知	盡人皆知
斗橫參轉	斗轉參橫
五花百門	五花八門
司空慣見	司空見慣
出師無名	師出無名
抓腮撓耳	抓耳撓腮
兵不刃血	兵不血刃

誤	正
美倫美奐	美輪美奐
情急生智	情急智生
堅兵利甲	堅甲利兵
滋事體大	茲事體大
費煞苦心	煞費苦心
憂戚與共	休戚與共
躊躇志滿	躊躇滿志

「錯體」成語

印錯的鈔票、郵票叫「錯體」鈔票、「錯體」郵票，寫錯的成語不妨稱為「錯體」成語。不過，後者並不像前者那樣罕有，相反，為數不少，數見不鮮。在一些有影響的媒體或其他書刊上，「錯體」成語是頗有「知名度」的。為了使語言更純粹、規範，我們應努力消滅那些因同音或近音而產生的「錯體」成語。

「大模施樣」

應為「大模厮樣」。《紅樓夢》二十回李嬤嬤大罵襲人忘本時說：「你大模厮樣的躺在炕上，見了我也不理一理兒。」此詞形容驕慢、自是、神氣，厮含輕蔑之意。

「小心奕奕」

應為「小心翼翼」。《詩經・大雅・大明》：「維此文王，小心翼翼。」（就是這個周文王，小心恭謹又善良。）翼翼是恭敬謹慎、精神飽滿的樣子。

「不知所蹤」

應作「不知所終」。此成語源於古漢語（如《後漢書・逸民傳》：「俱遊五嶽名山，竟不知所終」)，不宜亂改。

「平分春色」

應是「平分秋色」。宋李朴《中秋》詩：「平分秋色一輪滿，長伴雲衢千里明。」

「如法泡製」

應是「如法炮製」。很多人都把「炮製」寫成「泡製」，這是錯誤的。「炮製」，指用烘、炒、蒸、漂等方法加工中草藥。「如法炮製」比喻照已有的樣子做。「炮」，古漢語和普通話唸「刨」，粵語則唸「豹」，故易與「泡」混淆。

「既往不究」

應是「既往不咎」。《論語 • 八佾》：「成事不說，遂事不諫，既往不咎。」「咎」解作責備，成語的意思是對以往的過失不加責備。

「開天殺價」

應是「漫天索價」。「漫天」意為沒限度，「索價」就是要價、討價。「沒限度的殺價」實在費解，顯然是音誤。

「險象橫生」

應作「險象環生」。「環生」意為一個接一個出現，「橫生」則指縱橫雜亂地生長，後者不能跟險象搭配。

「螳臂擋車」

應作「螳臂當車」。當念平聲。《莊子・人間世》：「汝不知夫螳螂乎，怒其臂以當車轍，不知其不勝任也⋯⋯」當解作阻擋，但用成語時不宜改「當」為「擋」。

「銀樣蠟槍頭」

「蠟」應作「鑞」。「鑞」，錫鉛合金。成語意為表面像銀質其實是銲錫的槍頭，中看不中用。

成語豈可恣意改

近年收集到好些「錯體」成語，這些成語有一個共同點：由「作者」妄下雌黃，竄改成語而成。其次，使用方面並非限於少數人，有些還相當普遍。「錯體」成語可分為三種：

流行於口語並進入書面語的

不經不覺　初來步到　肚滿腸肥　單人匹馬

廣東人都知道「不經不覺」、「初來步到」是甚麼意思，但是「經」、「步」兩字實在費解；後兩個則不合習慣。正確的說法是：

不知不覺　新來乍到　腦滿腸肥　單槍匹馬

師心自是點竄成語而成的

別樹一格　別出生面　直接了當　物轉星移　矯扭造作

通常說「別具一格」，「別樹」則配「一幟」。「別出生面」的本來「面目」是「別開生面」。杜甫《丹青引贈曹將軍霸》：「凌煙功臣少顏色，將軍下筆開生面。」清朱彝尊《跋師子林書

畫冊》:「自言用圖寫意，初不較其形似，蓋欲別開生面……」現用以比喻另外創出新的局面或形式。「直截了當」或「直捷了當」都對，若改為「直接了當」就錯了。「物轉星移」應作「物換星移」，見王勃《滕王閣詩》:「閒雲潭影日悠悠，物換星移幾度秋。」許多人以為造作就是「扭擰」，所以寫成「矯扭造作」最恰當不過了。但這個成語是用兩個意義相反的動詞「矯」和「揉」來表示造作的，「矯」的意思是正曲使直，「揉」的意思是變直為曲。

因同音寫別字而成的

見獵心起　林林種種　異曲同功　憂戚與共　儲心積累

「見獵心起」應作「見獵心喜」，廣東語「起」、「喜」同音，容易出錯。「林林種種」的「種種」應改為「總總」。唐柳宗元《貞符》:「惟人之初，總總而生，林林而群。」「功」應作「工」。「工」，精緻、巧妙。「異曲同工」就是不同的曲調演出同樣精彩之意。把「工」改為「功」，難道解作不同的曲調需要相同的功力麼？「休戚與共」寫作「憂戚與共」也因廣東話「休」、「憂」同音而誤用。「休」意為喜慶、喜樂，與「戚」(憂愁、悲傷、不幸）相對，而「憂戚」意義相近，故「憂戚與共」是錯誤的寫法。「儲心積累」寫錯了兩個字：「儲」應為「處」，「累」應為「慮」。「處心」，存心；「積慮」，積久考慮，成語的意思是千方百計地盤算。

下面再舉出一些「別字成語」並加以改正：

誤	正
出奇不意	出其不意
同仇敵慨	同仇敵愾
因利成便	因利乘便
走頭無路	走投無路
要言不繁	要言不煩
相形見拙	相形見絀
重施故技	故技重演
原璧歸趙	完璧歸趙
破斧沉舟	破釜沉舟
語重深長	語重心長
撩事生非	惹是生非、惹事生非
默守成規	墨守成（陳）規

量詞——看似容易卻難人

漢語的量詞表示事物的數量單位或動作變化次數的單位。這是漢語中最具特色的一類詞，全世界只有極少數語言如藏語、壯語、泰語、緬語等有和漢語量詞相近的詞，英語間或有以下的說法：

a jug of milk　一罐牛奶

a bottle of ink　一瓶墨水

a box of matches　一匣火柴

a pair of new shoes　一雙新鞋

但是還沒有成為一種固定形式，而 jug、box 等只能視作名詞，英語壓根兒沒有量詞的名稱。

漢語的量詞十分豐富，單以名量詞而言就有好幾百個。名量詞以專用量詞為主，加上借用量詞，恐怕在一千個以上。量詞給我們的文學作品增添了色彩。試看人們如何表達各種事物的數量單位：

一尾魚　一眼井　一頭牛　一片烏雲

一位教師　一泓清水　一抹紅暈　一峰駱駝

一個嬰兒　一通石碑　一綹鬍子　一顆笑靨

如此豐富多彩，可謂「郁郁乎文哉」。但一切東西都不是十全十美的，不少外國人學習漢語時就對量詞感到頭痛，連外國的一些語言學者對漢語為甚麼有量詞也無法理解。其實漢語的量詞古已有之，使用量詞，源於漢民族的語言習慣，就像中國人吃飯慣於用筷子一樣。

那麼身為中國人，運用量詞應該沒有問題吧？表面上是這樣。不錯，大多數名量詞都是單音節詞，看起來比較簡易，用起來則頗費心思。在這方面，方言區的人麻煩更多一些。比如在香港，一般人日常講的是粵語，而書面語卻要以普通話為標準。由於粵語的量詞與普通話的量詞有頗大歧異，加上一些文人較多從三十年代以前的舊文學裏汲取營養，他們的作品常常照搬白話小說裏的量詞。方言加舊文學的影響，使很多香港人的書面語量詞不合規範。

下面挑出一些有代表性的量詞，談談香港人在使用方面存在的問題。

「隻」字在粵語裏用途大

「隻」字在廣東話裏的用途比在普通話裏大得多。跟禽畜名

稱相配的量詞，在廣東話口語裏大概只有一個「隻」字。當然，多數人在書面語裏都不會亂用「隻」，實際上「頭」字用得更多，這一點留待下面再談。現在我們來看看一些錯用「隻」字的說法：

一隻牙　一隻梳　一隻窗　一隻碗　一隻羹

一隻鑊　一隻牙刷　十隻股票　邊隻牌子

以上說法並不限於口語，有些書報或「傳媒」上也出現過。按照普通話的習慣，這些「隻」字都要改為別的量詞：

一顆（個）牙　一把梳子　一扇（個）窗子　一個碗

一把（個）匙子　一口鍋　一把（支）牙刷　十種股票

哪個牌子

常常被濫用的「頭」

「頭」字作為量詞，在古漢語裏出現得較早，主要用來計量牲畜，也有用來計量人的。早期的白話小說以至三四十年代的文學作品，多以「頭」計量牲畜、野獸甚至鳥類，茅盾的小說就是這樣。今天，港臺等地不少文人對「頭」字仍「情有獨鍾」，他們筆下的「頭」字黏度很大，可以黏住天上的、地下的、水裏的許許多多動物。香港的學子們無可避免受到影響，他們知道粵語裏的「隻」字不能完全照搬到書面語裏來，改用「頭」字一定不會錯，因為有書為證。但是，在現代漢語裏，「頭」只跟若干家畜（如牛、羊、驢、騾子）和個別野生動物（如象）搭配，濫用是會離弦走板的。

以下是不規範的搭配和正確的搭配對照：

不規範的搭配	正確的搭配
一頭狗	一條（隻）狗
一頭鴨	一隻（個）鴨子
一頭貓	一隻（個）貓
一頭鷹	一隻鷹
一頭海豚	一隻（個）海豚
一頭猩猩	一隻猩猩
一頭獅子	一隻（個）獅子
一頭駱駝	一峰（匹、個）駱駝

泥古的人愛用「具」、「枚」

在古漢語裏，「具」的本義是「準備」(飯食或酒席)，引申為名詞飯食、酒肴，再引申為器械、工具、器具，然後借為量詞。港臺有的辭典解釋說：「器物一件稱為一具。」早期的白話小說確實是這樣。不過到了今天，「具」作為量詞的用途已大大減少，只用於棺材、屍體、木偶、某些化石和極少數器物如座鐘等。

「枚」也是很早就用作量詞，在古漢語裏相當於「個」、「件」，一些形體大的東西如兵器、木器等可以用「枚」計量，後來較多用於計量形體小的東西，白話小說裏用得較普遍。今天「枚」的使用範圍已比較狹窄，只用於計量某些形體或面積較小的東西，如戒指、硬幣、獎章、郵票等，以及某些小而細長的東西如釘子、針等，用於計量彈藥則是保留了古漢語的用法。

由於此地還有不少泥古的人，他們受古漢語和白話小說影響較深，所以仍廣泛使用「具」和「枚」。

現列出見於書報的一些不規範的說法，隨後以正確的說法與之對照：

錯用枚或具	正確之量詞
一枚信封	個、隻
一枚珍珠	顆、粒
一枚葡萄	粒、顆
一枚圖章	個、顆、方
一枚樹葉	片、張
一具引擎	個、台
一具冰箱	台
一具樂器	件
一具機器	台、架
一具照相機	架

結合面最寬的「個」

「個」在現代漢語裏結合面最寬，許多名詞只能跟「個」而不跟其他量詞搭配，例如：「瓜」、「女眷」、「比喻」、「仇人」、「民族」、「年份」、「秋天」、「律師」、「荸薺」、「國家」、「朝代」、「創舉」、「傍晚」、「腳趾」、「僕人」、「臉蛋」、「老百姓」、「老頭子」、「里程碑」等。除了有本身習慣用的量詞之外，還可以跟「個」結合的名詞真是不可悉數，請看下面的例子：

一個星　一個鳥　一個船　一個橋　寫個信　唱個歌

跳個舞　一個工廠　一個大學　一個牙齒　一個青蛙

一個老虎　一個老鼠　一個狐狸　一個城市　一個商店

一個電影　一個凳子

在操粵語或其他方言的人看來，可能覺得有些搭配驢唇不對馬嘴，但這是地道的普通話，毋庸置疑。有許多名詞，如果不能確定配甚麼量詞時，可試用「個」字，常常行得通。

應用「根」時不用「條」

「根」用於細長的東西，是普通話中用得較多的量詞。廣東話不用「根」，普通話凡用量詞「根」的地方，廣東話差不多都代之以「條」。普通話也有量詞「條」，用於某些細長的東西。可用「根」也可用「條」的名詞不是很多，我們碰到這些名詞時，如果拿不準用甚麼，照廣東話的習慣用「條」就行了。以下是一些可以與「根」和「條」搭配的名詞：

棒　線　皮帶　尾巴　扁擔　花邊　馬鞭

神經　脊骨　項鏈　繩子　辮子　鐵絲　鐵鏈

普通話有不少名詞只能配量詞「根」，這樣的搭配對操粵語的人來説頗難掌握。現將廣東話一些用「條」（少數用其他量詞）而普通話只能用「根」的名詞列下，遇到這些名詞時，要一律配以「根」：

毛　草　藤　藕　火柴　甘蔗　竹子

油條　柱子　香蕉　骨頭　琴弦　棍子　煙蒂

電線　筷子　旗杆　稻草　頭髮　鋼管

不應用「條」應用「道」

「道」也常用於一些長條形的東西。和「根」的情況相似，普通話用「道」的名詞，廣東話也多配以「條」。普通話可用「道」也可用「條」的名詞有「防線」、「山溝」、「水溝」、「水渠」、「樓梯」、「門檻」、「裂痕」、「虹」、「命令」等。有好些個名詞，普通話只配量詞「道」，而廣東話習慣説「條」，碰到這些詞時，我們要特別注意，不要弄錯。舉例如下：

光　眉（毛）　題　山脊　曲線　河堤

疤痕　裂縫　縫隙　橡皮筋

不規範的和正確的搭配

筆者近年來從本地的書報上和一些學生的習作中，收集了不少用錯量詞的例子，上面已舉過一部分。現將其餘的不合規範的量詞與正確的量詞以對照的形式列下，希望對讀者有所幫助。括弧裏的詞是普通話的說法。

名詞	不合規範的量詞	正確的量詞
刀	張	把、口
地	爿、幅	塊、片
村	條	座、個
門	度、隻	扇、個、道
屋（房子）	間	所、座、幢
酒	支	瓶
被（被單）	張	條、床
柴	條	塊、根

名詞	不合規範的量詞	正確的量詞
針	眼	根、枚、個
釘（釘子）	口	顆、根、枚
秤	把	桿
橋	度、條	座、道
錘（錘子）	個	把
二胡	個	把
工廠	間	家、個、座
士兵	位	個
女子	名、位	個
手機（手提）	個、台	部
汽車	架	輛、台、部
事件	件	次、場、個
和尚	位	個、名
斧頭（斧子）	個	把
兒子	名、位	個
香蕉	梳	把、串
消息	項	個、條、則
茶壺	個	把
商店	間	家、個、爿
梯子	把	架、道、個

名詞	不合規範的量詞	正確的量詞
菲林（膠卷）	筒	個
意外（事故）	宗	起、個
電梯	架	部、台
銀行	間	家、個、所
頭髮	條	根、綹
機器	副	台、部、架
鋼琴	個	架、台
學校	間	所、個
戲院（劇院）	間	家、座
鑰匙	條	把、串
職業	門	種、項、份
醫院	間	家、所、個
小提琴	個	把
外國人	位	個
修辭格	項	種
電單車（摩托車）	部	輛
圖書館	間、家	座、個
賢內助	位	個
超級市場	間	家、個

計量人的幾個量詞

計量人的量詞，表示個體的有「個」、「名」、「位」，在特定情況下可以用「口」、「員」、「條」；表示集體的有「對」、「堆」、「批」、「群」、「幫」、「班」、「起」、「夥」、「撥」……以及一些臨時量詞如「屋」、「家」、「村」、「船」等。這裏只談談幾個最常用的個體量詞。

「個」

「個」字的應用範圍最廣，無論人或物，無論具體或抽象的東西，都可以用「個」；早在先秦時代就有人把「個」用作量詞。「個」是中性詞，可以計量任何人，例如「一個人」、「一個士兵」、「一個扒手」、「一個老闆」、「一個弟弟」、「一個部長」、「一個親戚」、「一個學生」、「一個總統」、「一個竊賊」、「一個壞傢伙」等等。有些量詞是帶有感情色彩的，如果我們分不清名詞的褒貶義，最保險的是配上「個」這個量詞。

表親屬關係的量詞一般用「個」，如「一個祖父」、「一個祖母」、「一個父親」、「一個母親」、「一個哥哥」、「一個弟弟」、「一個姐姐」、「一個妹妹」、「一個丈夫」、「一個妻子」、「一個妯娌」等。如用於稱對方或稱對方的親屬，表示尊敬、親切的，

則可用「位」，如「各位兄長」、「各位兄弟」、「各位弟兄」、「各位賢弟」、「各位姊妹」、「你位母親」、「你位兄長」、「你位丈夫」等。

「名」

原指人或事物的稱呼，如「名稱」、「地名」、「人名」等，引申為量詞，計量人時常指具有某種身分或某種職業的人，不指抽象的「人」，例如「一名司機」、「一名妓女」、「一名匪徒」、「一名秘書」、「一名罪犯」、「一名經理」、「一名敵人」、「一名導演」、「一名賭徒」、「一名學生」、「一名騎師」、「一名觀眾」(現代漢語的「觀眾」、「聽眾」是個體名詞)、「一名運動員」等等。「名」也是中性詞，可以計量好人，也可以計量壞人。但並非甚麼人都可以用「名」來計量，許多人對此常有疏虞，因而會錯用。不能跟「名」搭配的名詞有兩種，一種是表親屬關係的，另一種是表泛稱的。下面的例子中的「名」都用得不對：

一名父親　一名同事　一名同學　一名先生

一名朋友　一名姊妹　一名表姐　一名婆婆

「位」

原指地位、職位，如「名位」、「就位」、「讓位」等，轉作量詞，專用於人，計量個體的、具有一定身分的人，而且含有敬意，例如「一位朋友」、「一位女士」、「一位教師」、「一位長者」、「一位法官」、「一位客人」、「一位醫生」、「一位家長」、「一位著名人士」等等。

不帶尊敬的感情色彩時不宜用「位」，如「一位小孩」、「一位寶寶」、「一位部下」、「一位神秘人」等的說法都不恰當。凡是帶貶義的名詞都不能配「位」，我們可以說「一位國王」，不能說「一位兒皇帝」；可以說「一位俠客」，不能說「一位強盜」。像這樣的例子還可以舉出一些，諸如「一位乞丐」、「一位黃牛黨」、「一位江洋大盜」、「一位政治掮客」、「一位賭場高手」等等，這些「位」字都用錯了。還有一點要注意的是，「位」是不能與抽象的「人」搭配的，我們只能說「一個人」，不能說「一位人」。

「口、員、條」

「口」用來指人，唯一用來計量人口，如「一家四口人」。在提到人口的時候，有些人說：「我家人口有四人」，或「我家人口有四名」，這都不合現代語習慣。「員」的用途很小，僅用於文官、武將一類名詞。至於「條」，用來指人時只能跟特殊的詞搭配，比如「四條漢子」、「一百零八條好漢」等；「條」同樣不能配抽象的「人」，無論任何情況下，都沒有「一條人」的說法。

一「雙」戀人還是一「對」戀人？

「雙」和「對」都可以用來計量成雙的事物或事物相對的兩個部分，但它們的用法是有分別的，如果我們掉以輕心，就很容易混淆。在此地，我們也常常可以看到「一雙戀人」、「一雙情侶」之類的文字，有一首歌更高唱「儷影一雙」。「儷影」就是「一雙」，加「一雙」是多餘的。不過我們這裏主要針對的是「雙」、「對」不分的錯誤。那麼「對」和「雙」的分別在哪裏呢？

第一，凡是性別相對的人或動物都用「對」，「雙」只有在跟「對」並舉時才可用於人或動物，如「客人一對對、一雙雙走進了宴會廳」、「雙雙對對的燕子歡快地飛翔」等。下面各詞組中的「對」就不能以「雙」代替：

一對夫婦　一對情侶　一對舞伴

一對蝴蝶　一對鴛鴦　一對鸚鵡

第二，用於肢體和器官時須依習慣，只能用「對」的，如：

一對耳朵　一對乳房

但是很多人都寫成「一雙耳朵」、「一雙乳房」。

一般用「雙」，有時也可用「對」的例子如下：

一雙手　一雙肩　一雙腳　一雙腿

一雙翅膀　一雙胳膊　一雙眼睛

第三，用於普通事物時，按正反、左右配合成雙數的東西用「對」，而穿戴在肢體上的東西或成對使用而可以單數（數是動詞）的器物則用「雙」：

一雙木劍　一雙手套　一雙皮鞋　一雙筷子　一雙襪子

一對耳環　一對沙發　一對枕頭　一對椅子　一對籮筐

一對石獅子

一個被濫用的量詞

在港臺兩地，有一個量詞常被濫用，這就是「項」。

「項」原指事物的種類或條目，作量詞時用以計量分項的事物。它的用途較廣，歸納起來有幾個方面：

（一）用於制度、指令，如「一項制度」、「一項政策」、「一項原則」、「一項指示」、「一項決定」、「一項公報」等；

（二）用於事業、職業，如「一項事業」、「一項職業」等；

（三）用於工作、計劃，如「一項工作」、「一項措施」、「一項計劃」、「一項任務」、「一項技術」、「一項議程」等；

（四）用於成績、獎勵，如「一項成績」、「多項成果」、「幾項獎勵」、「十項冠軍」等；

（五）用於款項、交易，如「一項貸款」、「一項收入」、「一項交易」等；

（六）用於活動、儀式，如「一項活動」、「三項比賽」、「五項紀錄」、「一項儀式」等。

由於「項」在造句上有較大的黏着力，因此它常常不分場合地在一些人筆下冒出來。請看從一些書籍、報章上摘下來的詞語組合：

他取得這項發現的權利。

這是中國文化的一項特色。

一項人為的過失　兩項新花樣　一項重大責任

一項新理論　一項奇蹟　一項職位　一項宣傳重點

每一項食品　一項意見　一項消息　這項最佳廣告

一項結論　一項事端　一項債務　兩項造詣

「發現」是動詞，與可以做名詞的「發明」有別，「發明」可以配「項」；「特色」、「過失」、「花樣」、「責任」、「理論」、「奇蹟」、「職位」、「污點」、「食品」均不能以「項」以「條」計算；「意見」、「消息」、「廣告」可以論「條」，但按習慣均不與「項」搭配；「結論」、「事端」、「債務」各有自己的量詞；「造詣」指程度，一般不與量詞結合。

現將上列例子中的「項」全部加以改正：

他取得這次發現的權利。

這是中國文化的一個（種）特色。

一個（種）人為的過失　兩個（種）新花樣

一個（種、份）重大責任　一個（種、套）新理論

一個（樁、種）奇蹟　一個職位　一個宣傳重點

每一種（樣）食品　一點（條、個）意見

一個（條、則）消息　一則（條、個）最佳廣告

一個結論　一起（件）事端　一筆債務

數目增減的表示法

很多人雖然都學過數學，但是不一定都能用準確的詞語來表示數目的增減。這也是一個有關數詞用法的問題。

表示數目的增加有兩種情況：一種是不包括底數，只指淨增數，通常用「增加」、「增長」、「上升」、「提高」等詞表示，這些詞後面也可以加「了」。譬如從十增加到一百，可以說「增加（了）九倍」，用百分比來表示就是「增加（了）百分之九百」。有些人可能隨口說成「增加（了）十倍」，顯然是錯了。另一種是包括底數，指增加後的總數，通常用「增加到」、「增長到」、「上升到」、「提高到」，後面的「到」也可以改為「為」。從十增加到一百，可以說成「增加到十倍」，或者說後數是前數的十倍，但不能說「增加到九倍」。

表示數目的減少，也有兩種情況：一種是指減少後的差額，通常用「減少」、「降低」、「下降」等詞語表示，後面可以加「了」，也可以不加。例如從一百減到十，正確的說法是「減少（了）百分之九十（或十分之九）」。但是很多人常常說成「減少（了）九倍」，這絕對是錯誤的。另一種是指減少後的餘數，通常用「減少到」、「降低到」、「下降到」等詞語表示，後面的「到」也可以改為「為」。從一百減少到十，應說成「減少到百分之十（或十分之一）」。而有些人可能説成「減少到九倍」或「減少到一倍」，都不對。

總之，增加可以用倍數，也可以用分數或百分比來表示，減少只能用分數或百分比，絕對不能用倍數來表示。

再舉例説明：去年的收入是六萬元，今年的收入是十二萬元，當然是「增加了一倍」或「增加到兩倍」，或「增加了百分之一百」。

去年收入是六百萬元，今年收入是二百萬元，應該是「減少了三分之二（即六分之四）」，或「減少到三分之一（即六分之二）」。

「以上」和「以下」

「以上」和「以下」本身不是數詞，但常用來表示概數或數目的分界。放在數詞或數量詞短語之後，用來表示概數時，一般人容易理解，如「售價一千元以上（以下）」，就表示大於（小於）一千元的值。但這兩個詞只用來劃定界限而不表示概數時，包括不包括定界限的那個數呢？如「十八歲以上（以下）」包括不包括十八歲呢？我們常聽到有「十八歲或以上（以下）」一類的提法，這樣的措辭可能源自一些公文或法律文件（如英文說「aged 18 or over」）。按照漢語的習慣，「十八歲以上」包括十八歲，「十八歲以下」不包括十八歲，正式文書可分別用「滿十八歲」和「不足十八歲」。當然「十八歲或以上」的提法沒有錯，只不過不大合習慣罷了。

注意詞的褒貶義

用詞首先要懂得詞義。每一個詞都有自己的含義，而詞義是約定俗成的。此外，還要注意跟隨詞義而來的修辭色彩，即感情色彩。一般地說，漢語中佔多數的還是中性詞，但是我們不能忽視那些含有較明顯的褒義或貶義的詞語，行文時必須根據感情上的需要來決定取捨，不可掉以輕心。

有些詞兼有褒義和貶義，是褒是貶視不同語言環境而定。例如「倔強」，在「這是雖在北方風雪的壓迫下卻保持着倔強挺立的一種樹……」（茅盾《白楊禮讚》）這句中作剛強不屈解，是褒義；在「他很倔強。他的狂怒是可怕的……」（巴金《家》）這句中意為強硬、執拗，是貶義。又如「驕傲」，既可解作自以為了不起，看不起別人，屬貶義；又可解作自豪或表示值得自豪的人或事物，屬褒義。有的詞原是褒義詞，但跟特定的詞組合就帶上貶義色彩了，如「殷勤」加上「獻」就是這樣。有的詞原是褒義詞，但經過長期使用後出現變異而帶貶義，如「頂禮膜拜」。有的詞多用於貶義，但用到自身時卻成了自謙，如「淺薄」、「膚淺」等。有的詞，褒義和貶義只是一字之差，如「老頭兒」含親熱之情，「老頭子」則表示厭惡。

有的詞的褒義比較明顯，但也常被誤用，如「誕辰」、「愛戴」、「傑出」、「您」、「位（量詞）」等；而多用於貶義的詞，常被誤用的也不少，如「同夥」、「黨魁」、「頭面人物」、「慣用」、「無視」、「得勢」、「百出」、「文縐縐」、「興師動眾」、「無獨有偶」等。例句：

① 他在今年的考試中取得了傑出的成績。

② 我們幾個是同夥，常常在一起打球。

③ 他是工商界的頭面人物。

④ 弟弟慣用左手。

⑤ 藝術團的表演精彩百出，十分成功。

⑥ 他對人態度很好，說話文縐縐的。

⑦ 無獨有偶，這邊也有一座結構獨特的橋。

「傑出」用於偉大人物或作出過重大貢獻的人物，有時也用於人的才華、貢獻，不宜用於「一般的」成績；例②③④⑥⑦並無貶義，例⑤更有讚譽的意思，所以，例句加底線的貶義詞都用得不對。

不要濫用貶義詞

多年來讀書看報閱稿，發現不少人濫用貶義詞，其中有幾個詞尤其「面善」。所謂貶義詞，就是含有不好的意思，帶有貶斥的意義的詞。這類詞一般用於壞的方面，如果用在好人或自己所愛的人身上，那就不只「表錯情」，簡直是「唱反調」了。下面舉些例句並略加分析。

① 為寫這本書他挖空心思。

作者原來想說「費盡心思」、「殫思竭慮」等，但用了「挖空心思」這個貶義詞，意思就適得其反了。

② 各路人馬蠢蠢欲動，為參選作好準備。

「蠢蠢欲動」比喻壞人準備幹壞事，許多人由於不明詞義而用錯。

③ 心中不平罄竹難書。

「罄竹難書」比喻寫不完，多用於罪行，詞義古今一樣。此處用於心中不平，大錯特錯。

④ 這種信用卡只是一小撮成功人士擁有。

⑤ 我有一小撮已有「三粒星」的內地朋友也明白箇中道理。

「一小撮」只借用於極少的壞人或事物，「成功人士」和「朋友」絕不能跟「一小撮」搭配。

⑥ 他由此萌發了創業的野心。

「野心」指巨大而非分的慾望。創業應嘉許，怎能稱「野心」！

⑦ 他知道單靠自己的推銷伎倆是不行的。

「伎倆」就是不適當的手段。作者誤解了這個詞，故用錯。應改為「手法」等中性詞。

⑧ XX 推出筆形傳呼機後，對手群起效尤。

「效尤」指跟着別人走歪道，學習別人好的東西不能說「效尤」。

⑨ 他有良好的條件，經過二十年的努力，處心積慮，才有今日。

「處心積慮」的意思是千方百計地盤算、謀劃，一般用於貶義，讚揚別人不宜使用。

⑩ 旅遊協會大肆宣揚香港的新形象。

「大肆」意為毫無顧忌地，多用於做壞事。宣傳香港的新形象是好事，用「大肆」就大謬不然了。

淺析「變節」和「庇護」

最近報章上接二連三出現「變節」和「庇護」這兩個詞。用得對不對呢？這裏試從詞義和修辭色彩方面來分析一下。

「變節」

在古漢語裏是一個中性詞，既可解作折節（改變平日志向）向善，又可解作改變氣節。折節向善是好事，《漢書・楊胡朱梅雲傳・朱雲》：「朱雲……少時通輕俠，借（助）客報仇……年四十，乃變節從博士白子友受《易》，又事前將軍蕭望之受《論語》，皆能傳其業。」而改變氣節則是劣行，為人所不齒。「欲變節以從俗兮，媿易初而屈志。」這是《楚辭・九章・思美人》中的兩句，屈原視改忠直而隨讒佞為恥辱。「變節」意為改變志節的例子還可以舉出一些，例如：「權衡規矩，一定而不易，不為秦楚變節，不為胡越改容。」（《淮南子・主術訓》）「中人變節，以助虐國之桀。」（晉陸機《五等諸侯論》）

在古漢語裏，「變節」可褒可貶，實際上較多用於貶義。到了現代漢語，它已變成一個貶義詞，意為向敵人屈服，改變自己的節操。

駐外人員向外國申請政治庇護，站在該國當權者的立場而言，當然是「變節」。但如果你的觀點與之有異，就不能用這個詞，可改用「背叛」、「叛離」、「投奔」、「要求避難」等中性詞語。

「庇護」

意為包庇、袒護、掩護、保護，是一個中性詞。在古漢語裏，「庇護」用以表示消極行動的居多，例如：「（後唐）莊宗怒，欲殺之（王建立），明宗為庇護之以免。」（《新五代史・雜傳第三十四・王建立》）「益厚賂史弘肇輩，……諸權貴深庇護之，乃授以開封尹兼中書令。」（《宋史・列傳第十三・侯益》）今天有「庇護權」這一國際法名詞，對政治犯的保護稱為政治庇護，在這裏，「庇護」的積極意義是非常明顯的，報上用這個詞是用對了。

我們遣詞造句，一定要認清詞義，同時要注意伴隨詞義而生的修辭色彩，分清褒貶義，這樣才能做到用詞準確，剴切中理。

談談詞的應用範圍

我們說話、寫文章，應力求用詞得當。要用詞得當，首要的是弄清詞義，此外還要注意詞的應用範圍。漢語有些詞，只適用於一定的範圍，超出這個範圍，就是「出圈兒」了。下面挑幾類詞來談談。

多用於人或某些人的詞

以下是一些誤用舉例：

小樹苗禁得起風吹雨打。

架子可能禁不起這麼重的東西。

我家的貓兒昨天失蹤了。

畢加索是她最鍾愛的畫家。

我的上司穎慧過人，很有魄力，不愧是個女強人。

「禁得起」、「禁不起」一般不用於物，用於物時應分別改為「禁得住」、「禁不住」；「失蹤」多指人，動物可用「走失」；「鍾愛」只用於子女或晚輩中的某一人；「穎慧」用於少年，不用於成人。

多用於事物或某種事物的詞

以下是一些誤用舉例：

等了這麼久，還不見她到來。

他的食性從小就與眾不同。

種子在土壤裏蟄伏了十多年。

「到來」是來臨的意思，一般用於事物，如「春天到來了」；「食性」指動物吃料的習性，不用於人；「蟄伏」意為動物冬眠，潛伏起來不食不動，不能用於別的事物。

多用於壞的方面的詞

以下是一些誤用舉例：

我目前的處境很好，請放心。

我們經過很大努力才達到這個地步。

集郵、溜冰、露營、登山……青少年這些嗜好是正常的。

現在已出現了有利的事態。

「處境」多指不利的情況下，不用於好的方面，可改用「情況」、「狀況」；「地步」跟處境差不多，也不宜用於好的方面；「嗜好」指特殊的愛好，多用於不良的愛好；集郵等是有益的活動，不能用「嗜好」這個詞；「事態」多指壞的，不能跟有利搭配。

用詞不要「離題跑轍」

繼續談談詞的應用範圍。漢語有些詞，適用的範圍有明顯的限制，如果從字面上來理解詞義，貿然下筆，就很容易會「離題跑轍」。先看一些例句：

① 成千上萬的市民大舉參加遊行。

② 由於水渠常有殘羹剩飯，致有老鼠滋生。

③ 消防車及時到場撲救。

④ 叔父來信說要興修一所房子。

⑤ 居室的裝修工程終於告竣了。

⑥ 昨天我們的偶像會見了我們。

⑦ 他傷得不輕，臉上顯得很苦楚。

⑧ 黃河這一段水流平緩。

⑨ 我們班讀書之風昌盛。

⑩ 那男的環抱着女的腰肢。

⑪ 同事之間不要互相頂撞。

⑫ 他那番話說得太動聽了，使我刻骨銘心。

「大舉」多用於軍事行動，許多人常用在其他方面，這是不對的；「滋生」解作繁殖時只用於蚊蠅、蟲類、細菌和幼苗等；「到場」的意思是親自到某種集會或活動場所，特別指人；「興修」、「告竣」多用於規模較大的工程、建築；「會見」多用於外交場合，一般人不說「會見」；「苦楚」多指生活上受折磨，不用於身體上；「平緩」只用於地勢，不指水流；「昌盛」多用於國家、事業；「環抱」多用於自然景物；「頂撞」一般用於對長輩或上司；「刻骨銘心」用於感激別人。上列十二個句子可分別改為：

① 成千上萬的市民踴躍參加遊行。

② 由於水渠常有殘羹剩飯，致有老鼠在此出沒、繁殖。

③ 消防車及時趕到現場撲救。

④ 叔父來信說要蓋一所房子。

⑤ 居室終於裝修好了。

⑥ 昨天我們的偶像跟我們會面。

⑦ 他傷得不輕，臉上顯得很痛苦的樣子。

⑧ 黃河這一段水流緩慢平穩。

⑨ 我們班讀書風氣很盛。

⑩ 那男的攬着女的腰肢。

⑪ 同事之間不要鬥嘴慪氣。

⑫ 他那番話太動聽了，使我難以忘懷。

分清抽象與具體

現代漢語的詞，有些有特殊的用法，使用時須依一定的習慣，如果光從字面上來理解，想當然地運用，常常會出錯。譬如有些詞，只用於或多用於抽象事物，若配上表示具體事物的詞，就驢唇不對馬嘴了；反之，有些詞只用於或多用於具體事物，若配上表示抽象事物的詞，也是圓鑿方枘。但不少人在用詞造句時往往忽略這種情況，於是出現了不投簧的組合。

先看一些「抽象」配「具體」的例句：

中國具有遼闊的土地、豐富的礦藏和物產。

吃過飯後，老師吹哨子召喚我們集合。

果園裏結滿了豐碩的木瓜和香蕉。

我們要設法保住這些美好的景物和古蹟。

埃及的沙漠中屹立着永垂不朽的巨大建築物——法老王朝的金字塔。

「具有」相當於有，但多用於抽象事物，不能跟「土地」、「礦藏」等搭配；「召喚」意為叫人來，但常用於抽象事物，如

「生活在召喚」、「理想在召喚」等，很少用於誰叫誰；「豐碩」多虛用，如「豐碩的成果」，不用於果實；「美好」相當於好，但多用於「前途」、「生活」、「季節」等抽象事物，例如「美好的前程」、「美好的春天」等；「永垂不朽」用於「精神」、「事跡」、「姓名」等「虛」的東西，不能用於建築物。常用於抽象事物的詞還可以舉出一些，例如「博大」（配「學問」等）、「充分」（配「理由」等）、「達到」（配「目的」等）、「混淆」（配「視聽」等），等等。遇上這一類詞時，我們得按照習慣來運用。

再看一些「具體」配「抽象」的例句：

香港擁有卓越的地理位置。

我們追求的是豐盛的人生。

他對工作有充足的熱情。

醫院相信供應商提供的是正確的氣體。

老師喜歡用粗率的線條作畫。

「擁有」用於較具體的事物，如「土地」、「財產」等，「位置」不能說「擁有」；「豐盛」用於物質方面，不能形容人生；「充足」也多指較具體的東西，不能配「熱情」；「氣體」是「實」的東西，而「正確」多用來形容「言論」、「思維」、「事理」以至「行動」等，不能與「氣體」相配；「線條」也是具體事物，「粗率」常用來形容「態度」，兩者扯不到一塊。

本義和比喻義

根據詞義多少來劃分，現代漢語的詞可分為單義詞和多義詞。單義詞只有一個意義，如「香港」、「孔子」、「玻璃」、「雷射」等，這種詞在現代漢語詞彙裏只佔很小比例。多義詞就是具有多種相關意義的詞，其意義可概括為本義、引申義和比喻義。本義即詞的基本意義，引申義是由本義發展出來的意義，比喻義是由本義通過打比方產生的詞義。以「星」為例，其本義是夜晚天空中閃爍發光的天體，引申義有秤桿上的標記，比喻義為知名人物，如「明星」、「歌星」、「新星」等等。

比喻義與修辭上的比喻不同：前者是詞的一個「義」，具有固定性，如「教師是園丁」中的「園丁」，由比喻產生的新義已固定下來，單獨一個詞也可顯示它意義；比喻只是修辭上的一種手法，是臨時性的，如「學生運動是春雷、是火把」中的「春雷」和「火把」就是比喻，它們還沒有轉化出新義。

有一些詞，本義和比喻義共存，我們可以用它的本義，也可以用它的比喻義。下面舉例說明，例句兩句一組，每組有一個相同的詞，前一句用本義，後一句用比喻義。

① 有些人喜歡喝冷水。

你這不是向我潑冷水嗎？

② 他的食指割傷了。

我家食指眾多。

③ 告訴孩子們小心門户。

廣州是華南的門户。

④ 我近來胃口甚佳。

米高•積遜的歌很合我的胃口。

⑤ 我母親是基督徒，早就受過洗禮。

他六十年代受過學生運動的洗禮。

⑥ 馬兒正在咀嚼草料。

我細細咀嚼這耐人尋味的話語。

如上述，在現代漢語詞彙中，只有本義的詞為數很少，佔多數的是多義詞；有一類詞則在使用的過程中，本義慢慢消失了，只保留了比喻義。若「望文生義」，準會用錯。下文將談談這種詞。

只用比喻義的詞

比喻義大多是通過修辭上的比喻方式逐漸固定下來形成的。有些詞經過長期運用後，出現了喧賓奪主的情況，就是比喻義代替了本義。譬如「封鎖」，現在已沒有人説「封鎖門戶」，只説「新聞封鎖」、「封鎖邊界」等；我們説雞的眼睛時，不用「雞眼」一詞，「雞眼」指的是一種皮膚病；「手腕」等於手段，「手腕子」才是指手和臂相接的部分；還有「蠶食」、「鯨吞」、「林立」、「響應」、「滾雪球」、「耳目」、「甘苦」、「扣帽子」等等詞語，人們都知道只用它們的比喻義。

但是，有些詞在運用時，一些人會不自覺的「還它本來面目」，退回本義去。

例如：

我們找不到路徑，幸得村民指點迷津。

賊人觸動了防盜系統，引致警鐘大鳴。

那煉鐵的洪爐，是甚麼人拉動風皮囊的呢？

宵小半夜潛入工場竊取一批寶石。

這次旅行的<u>途徑</u>頗多曲折。

單車比賽的<u>途程</u>達百多公里。

鏟子的<u>把柄</u>太短，不好拿。

「迷津」現不再指錯誤的渡口或道路，而是指錯誤的方向；「警鐘」多用比喻義，與「警鈴」、「警笛」等有別；「洪爐」也多用於比喻，應改為「熔爐」或「爐子」；「皮囊」現借來指人的身體（貶義），句中可改用「皮風箱」；「竊取」多用於比喻，如「竊取要職」，表示「偷」有「偷盜」、「偷竊」、「行竊」等詞；「途徑」、「途程」也多用比喻義，如「發財的途徑」、「家畜進化的途程」等，句中可分別改為「路徑」、「路程」；「把柄」喻可被人用來進行要脅的過錯，應改用「把手」。

最後提一提成語。依照習慣，許多成語都用比喻義，極少用本義，像「瓜田李下」、「望洋興歎」、「開門揖盜」、「落井下石」、「煮鶴焚琴」、「揠苗助長」、「枯木逢春」、「惹火燒身」、「騎馬找馬」等。但有些成語還是被人不經意地「還原」。例如：

我們坐在星空下，忽聽得不遠處<u>風吹草動</u>，樹林沙沙作響。

她向來膽小，那天平地一聲雷，嚇得她失聲大叫。

當然，如果遇上特殊的語言環境，成語仍可用回本義。報載內地一場足球比賽前，某要人對運動員說了幾句話，其中兩個成語（其一是借用）就用了本義。

下雨了，你們要混水摸「球」，要多射快傳，別「拖泥帶水」。

有時加上引號或「真是」、「可謂」等詞，也可以說得通。但是成語用回本義的情況畢竟少見。

「約定俗成」與邏輯性

運用語言，當然要講究邏輯性、科學性，不能違反事理。但是有時語文的傳統習慣卻凌駕於邏輯性和科學性之上，一些詞語，只要大家認為對，流行得起來，就可以「不講道理」，這就是所謂約定俗成。荀子說：「名無固宜，約之以命。約定俗成謂之宜，異於約則謂之不宜。」有些話如「甜得要死」、「鹹得要命」等，雖然不合邏輯，但眾人都這樣說，沒有人覺得不妥，可見約定俗成是語言領域的一個法則。下面再舉兩個例子來談談。

「並非」可以加「是」

「並非」是「並不是」的意思，但它後面還可以加「是」，構成「並非是」的格式。按理既然已包括了「是」，再加一個「是」，豈不是不合邏輯？由於「並非」後面不能只是一個單音節詞，為了帶一個單音節詞，只好將「並非」改為「並非是」，眾人都這麼用，我們只好撇開邏輯性，尊重語言習慣了。請看例句：

這裏去過非洲的，並非他一個，還有別人。

你認錯人了，那天晚上登台表演的並非是她，而是她的孿生妹妹。

因第一句的「他一個」是三個單音節詞，故前面用「並非」；而第二句的「她」是一個單音節詞，故前面一定要用「並非是」。

「好」等於「好不」

「好」作副詞時用來修飾形容詞，意思近於多麼；「好」後面加「不」成了「好不」，意思也跟多麼相近。例如：

太古城中心好熱鬧。

太古城中心熙熙攘攘，好不熱鬧。

好不熱鬧等於好熱鬧，從字面上看是不合理的，但這是習慣成自然的用法，人人都接受，沒有誰認為悖謬。通常「好」和「好不」都表示肯定的意思，如「好威風」、「好不威風」等於很威風；「好喜歡」、「好不喜歡」等於很喜歡；但也有例外，例如放在「容易」前面時：

我好容易才學會這套拳。

我好不容易才學會這套拳。

「好容易」和「好不容易」等於不容易，這又是約定俗成。還要指出一點：「好」可修飾單音節或雙音節形容詞，而「好不」後面只能是雙音節形容詞。我們可以說「好險」、「好香」，不能說「好不險」、「好不香」。

頗為特別的「除非」

「除非」是連詞，用在條件複句的偏句中。這是一個頗為特別的虛詞，由它帶出的條件，可在正句產生完全相反的結果，但所表達的意思是相同的。先看兩個句子：

① 除非繼續維持繁榮安定，香港才有前途。

② 除非繼續維持繁榮安定，香港沒有前途。

兩個句子都強調指出唯一的條件，即「繼續維持繁榮安定」，非此不可，但結果無論是肯定或否定，意思都一樣。這決定於語文的傳統習慣。

有些人可能認為例①才是對的，例②的說法則「不合理」。這種看法的錯誤在於未能全面理解「除非」的意義。在古漢語裏，「除非」多用於「若（要）……除非……」的句式，意思是「除此則不」。例如：「若要找尋，除非東南山路。」（孔尚任《桃花扇・逃難》）「要得人不知，除非己莫為。」（文康《兒女英雄傳》第二十三回）這類句子的「除非」相當於「只有」。現代漢語保留了這種用法，例①則把「除非」放在前面，也相當於「只有」。例②是現代漢語的說法，在同類型的句子裏，「除非」的意思已變成「除了」。

由例①到例②的句式似乎是由簡到繁，再由繁到簡的結果。請看兩組例句：

（一） 除非你去請，他才會來。

除非你去請，他才會來，否則他是不會來的。

除非你去請，否則他是不會來的。

除非你去請，他（是）不會來（的）。

（二） 除非下雨，我才不來。

除非下雨，我才不來，否則我是一定來的。

除非下雨，否則我是一定來的。

除非下雨，我（是）一定來（的）。

每組四句意思一樣。第一組四句的格式初是「除非……才……」；第二句由簡變繁，加上「否則……不……」，從反面作補充；第三句由繁變簡，省去「才……」，着重說明反面的結果；第四句更把「否則」略去。這樣，「除非」的意思由第一句相當於「只有」逐漸變到第四句相當於「除了」。第二組和第一組對照，四句表肯定和表否定剛好相反。「除非」的用法體現了漢語句法嚴謹細密而又靈活多變的特點。

「無時無刻」的用法

數學上有「負負得正」的說法，語言上也有雙重否定等於完全肯定的情況，如「無酒不歡」就是有酒才有樂趣，「無微不至」就是所有細微的地方都照顧到。但是，不少人在使用這類詞時，不知是漫不經心呢，還是缺乏邏輯思維，句子的意思往往適得其反。且看幾個用「無時無刻」的句子：

令人無時無刻都精疲力竭。

馬勒當拿無時無刻都面對粗野對待。

自你去後，我無時無刻都在想念你。

他們無時無刻陷於緊張。

國人無時無刻生活在恐懼之中。

「無時無刻」並非兩個「負數」，而是合成一個「負數」，下面用「正數」，就得出了「負」的結果。這樣，例句中的精疲力竭變成了不精疲力竭，想念你變成了不想念你，等等。

「無時無刻」不等於「時時刻刻」，按照雙重否定的原則，「無時無刻」加「不」才變為肯定的意思，相等於「時時刻刻」加「都」，表示無論哪個時刻、永遠、不間斷。例如「他無時無刻不惦記着那些孤苦伶仃的老人」（雙重否定），可換一個說法：「他時時刻刻惦記着那些孤苦伶仃的老人」（完全肯定）。

上列幾個句子，可作如下修改：

令人時時刻刻都（無時無刻不）筋疲力盡。

馬勒當拿時時刻刻都（無時無刻不）受到粗野對待。

自你去後，我無時無刻不（時時刻刻都）在想念你。

他們無時無刻不（時時刻刻都）陷於緊張。

國人無時無刻不（時時刻刻都）是生活在恐懼之中。

多用於否定式的詞

現代漢語有些詞，只用於或多用於否定式，如果誤用在肯定式的句子裏，就不合語言習慣。以下是一些錯誤的例句：

你以為他會買你的賬嗎？

我捉摸着她這句話的意思。

客廳裏的擺設很雅觀。

我好像聽見那邊有些聲息。

這句話值得置疑。

有些知識分子在嚴峻的形勢下仍敢於吭聲。

「買賬」多放在否定詞後面；「捉摸」多配「不可」、「不易」等，這裏應改為「琢磨」或「揣摩」；「雅觀」常跟「不」相配，肯定式可改作「雅致」或「美觀」；「有」後面多用「聲音」，不用「聲息」；「置疑」應改為「懷疑」，否定式才用「置疑」；「吭聲」多與「不」構成否定式。

多用於否定式的詞還可以舉出一些，如名詞「善類」，動詞「非難」、「非議」、「開交」、「答對」、「答話」、「認賬」、「容情」、「死活」、「置辯」、「置信」、「消受」、「問津」、「務正」、「介意」、「在意」、「在乎」等，形容詞「濟事」、「中用」、「大不了」等，副詞「太」(解作很)、「萬萬」等。

「大不了」可解作「了不得」，肯定式用後者，否定式用前者，在下面兩個句子中它們不能對調：

這個病可了不得。

這個病沒甚麼大不了。

「太」和「很」都是程度副詞。「太」可用於否定式，前面可加否定詞「不」；肯定式則用「很」而不用「太」。試比較下面兩組句子：

(一) 否定式

她的成績不太好。

他的工作能力不太強。

(二) 肯定式

她的成績很好。

他的工作能力很強。

否定式不能説成「不很好」、「不很強」，普通話沒有「不＋很」的説法；肯定式不能説成「太好」、「太強」，「太好」、「太強」表感歎語氣，後面要有語氣助詞「了」。

「萬萬」和「千萬」意義相近，「千萬」既可用於肯定式，又可用於否定式，「萬萬」則只用於否定式：

你千萬要記住這個教訓。

你千萬不要忘記這個教訓。

你萬萬不可忘記這個教訓。

特殊的肯定否定

一般地說，雙重否定等於肯定，而一個肯定詞或一個否定詞當然分別表示肯定或否定。但是現代漢語的用法有時是很靈活的，不像數學公式那樣一成不易，比如以下兩種情況就是。

「非……不可」有時只說一個「非」字

「非……不可」是雙重否定，表示一定要這樣。但有時只用一個否定詞「非」就行了，在口語裏這種用法尤為常見。例句：

① 她說已有兩年沒有去旅行了，今年非要去一趟，散散悶。

② 這件事非得你去做，其他人不方便。

③ 叫你別來，你非來，真氣人。

④ 叫你別吃，你非吃，太嘴饞了。

⑤ 他叫你去，你非不去，專跟人為難。

⑥ 媽媽要你回家，你非不（回家）。

例①②說明，在「非要」、「非得」後可以不用「不可」。例③④說明「非」後是單音動詞時也可省去「不可」。例⑤⑥說明

「非」修飾動詞否定式時，動詞後一定不能加「不可」，這時的「非」是「一定」的意思，「非不甚麼（動詞）」後再加「不可」，就變得含混不清了。

「難免不」一般等於「難免會」

「難免」有免不了的意思，照理後面應該用肯定式。但現代漢語的説法卻很活，試看看下面的兩個句子：

如果批准了，難免會有人重提那筆舊賬。

如果批准了，難免不會有人重提那筆舊賬。

兩個句子都表示所推測的結果是肯定的：一定有人重提那筆舊賬。但是，如果「難免」後面的「不」是用來修飾形容詞的，則仍表示否定，例如：

他是北方人，説廣東話難免不純正。

我初到貴境，一切難免不熟悉。

是正是負搞不清

我們用詞造句，要遵照語言習慣，該用肯定詞就用肯定詞，該用否定詞就用否定詞，不能模稜兩可，糾纏不清。為了說明這個問題，先從書報上摘錄幾個句子：

① 錯在你起程前，有否問清楚一切事項。

② 看情形，大家懷疑是不是他偷了東西。

③ 你說的是否是他？

④ 不知是否由聯合國出面調停，還是由有關國家協商解決。

⑤ 你是否知道他贊成不贊成？

⑥ 在這個問題上，學校是否永遠是錯的。

⑦ 這是技術問題，很難能解釋清楚。

⑧ 他受到質疑、威脅、背棄，得設法挽救不可。

例①其實是一個陳述句，開頭說「你」錯了，應接着指出錯在甚麼地方。可是作者卻把句子寫成正反疑問的形式，因為不作出肯定，前面的「錯」也就不能成立了。例②的情況跟例①相若。「懷疑」無論解作猜測或不很相信，下面只能用表示肯定的詞，而不能用表示正反疑問的詞。例③不合習慣，第一，通常説「是否」或「是不是」，不能説「是否是」；第二，「是否」後面不能帶名詞性成分，如「是否香港」、「是否媽媽」、「是否我」等。例④的作者看來想造一個選擇問句，選擇問句用「是……還是……」的形式，要求答話的人選擇其中之一作為答案。但上半句用了表示正反疑問的「是否」，下半句配以「還是」，答話的人就無從選擇了。例⑤讓兩組正反疑問的詞語扭結在一起，真是「剪不斷，理還亂」。例⑥雖然在「是否」後面有一個副詞「永遠」，但仍屬「是不是是」這種糊塗得可以的句法。例⑦的「難」已有「不能」的意思，下面又加了個「能」字（「難能可貴」是古漢語簡縮的説法），解不通。例⑧的原意應是一定要設法挽救，但句末加了個「不可」，意思適得其反了。上列八句可改為：

① 錯在你起程前沒有問清楚一切事項。

② 看情形，大家懷疑是他偷了東西。

③ 你説的是不是他？

④ 不知是由聯合國出面調停，還是由……

⑤ 你知道他贊成不贊成？

⑥ 在這個問題上，學校永遠是錯的嗎？

⑦ 這是技術問題，很難解釋清楚。

⑧ 他受到質疑、威脅、背棄，非設法挽救不可。

幾個含「有」的詞

以「有」為詞素的詞為數不少，其中有好幾個是動詞或形容詞，如「有勞」、「有請」、「有待」、「有賴」、「有助」、「有益」、「有利」等，可以充當句子的謂語。動詞中有及物動詞，有不及物動詞；前者可帶賓語，後者不能帶賓語，詞後面要跟由介詞「於」組成的介詞結構充當的補語。我們先看看可以帶賓語的例句：

有勞您替我帶回去。

有請大家入席。

這兩個句子的賓語「您」和「大家」分別緊挨着前面的謂語「有勞」和「有請」。比較特別的是「有待」一詞，它可以帶賓語，也可以帶介詞結構：

海洋中的資源有待我們進一步開發。

海洋中的資源有待於我們進一步開發。

有些人根據以上的情況，想當然地以為，凡含「有」的動詞甚或形容詞都可以帶賓語，結果造句就出了差錯。

以下例句均出自書報：

① 這次有賴你合作才能成功。

② 適當的運動有助早日復元。

③ 所採取的措施有助緩和能源危機。

④ 喝牛奶有益健康。

⑤ 此舉有利香港的安定繁榮。

⑥ 聯合國借用香港，有利重建信心。

「有賴」表示一件事要依賴另一件事的幫助促成；「有助」指對某事有幫助；「有益」、「有利」是形容詞，而且同義，意為有幫助、有好處。

這幾個詞在作句子的謂語時，後面都不能帶賓語，要跟其他成分的話，也只能跟補語，這個補語是由「於」組成的介詞結構。以第①句為例，可改為：

這次有賴於你的合作才能成功。

「你」後面加一個「的」字後，「合作」成了補語的中心詞，用以補充說明「有賴」甚麼。第②至⑥句的謂語後面都要加介詞「於」。跟「於」組成介詞結構的，可以是形容詞，如第④⑤句；可以是名詞化的動詞，如第①句的「合作」；可以是動詞，如第②句；可以是詞組，如第③⑥句，都是動賓詞組。

不能省去介詞「於」

「於」是一個介詞，在現代漢語裏多用在動詞、動詞性成分或形容詞謂語之後，與其他詞一起組成補語，對上述成分起補充說明作用。文言文有時用「於」不用「於」意思一樣，如「戰滎陽」、「效力邊陲」，動詞後面也可加「於」字。

現代漢語同樣有這種情況，像「致力於統一大業」、「熱衷於名利」、「趨向於緩和」、「日月潭屬於南投縣」等，動詞後面的「於」也可省掉。

然而這不是普遍的現象，並非許多動詞後面的「於」都可省去。可惜不少人或窺豹一斑，以偏概全，或受古文影響，行文過簡，造句時不問情由，刪去「於」字。以下是一些從書報雜誌上摘錄下來的句子：

① 日本的工商業財閥起源十九世紀。

② 不少臺商投資深圳。

③ 莫森出生英國約克郡。

④ 哈巴狗原產中國。

⑤ 黃河發源青海省。

⑥ 公文教育應普及每一個市民。

⑦ 清初西、北部許多少數民族均臣服朝廷。

⑧ ……目的是取信讀者。

⑨ 青少年只是沉迷流行曲和電子遊戲。

⑩ 他從不滿足現狀。

⑪ 後生可畏，老年人應讓位青年人。

⑫ 小心天神降禍自己。

⑬ 昨日南華受挫警察。

⑭ 寫得不好，見笑大家。

⑮ 票房價值主要取決青年觀眾。

這些句子都不合語法，因為謂語（加底線的詞）後面省去了必不可少的介詞「於」。例①至④謂語後面的詞表示時間或處所，例⑤⑥的表示來源或起（終）點，它們都不能做賓語，一定要經由「於」「介紹」給謂語；「於」在①至④相當於「在」，在

⑤⑥相當於「從」、「由」、「到」。例⑦至⑩的謂語都是不及物動詞，不能帶賓語，謂語後面的詞均表示對象，也要有一個「於」帶着，組成介詞結構，「於」相當於「向」、「對」。例⑪的謂語也是不及物動詞，例⑫的謂語更是謂賓詞組，後面的「於」絕對省不得，加了「於」後的介詞結構表示給予。例⑬至⑮是表示被動的句子，動詞後面要加「於」引出施事才合語法。

用詞豈能「側側膊」

有句俗語説：「側側膊，唔多覺。」這個「側側膊」（用普通話來説是「閃身」）頗生動。有些人在用詞造句時仿佛也有點「側側膊」的味道。現在就請看一些「側」的例子：

① 他來到新公司，當可大展身手了。

② 一邊唱，一邊彈，直書胸臆，多暢快。

③ 他將十多年來打工得來的積蓄付諸一擲。

④ 在大陸竟出現石虎這類大膽闖新的畫家。

⑤ 香港人吃喝玩樂，跟着人家鼻子走。

⑥ 他一話不説就跟着大哥走了。

⑦ 氣球爆破了，小妹妹哭了起來。

⑧ 市面人來人往。

⑨ 哪怕身首離異，也不後悔不屈服。

⑩ 他做事決絕，一脱險成功就殺死叛徒。

請注意加底線的詞語。①至⑥是典型的「側側膊」，「搏人唔多覺」。其實是作者對詞義一知半解，自己不大懂又不去翻書或

請教高明，馬虎了事。這是對讀者不負責任的態度，要不得。前四句可能因讀音相同或相近而出錯。①誤將「展」代「顯」；②把「書」當作「抒」；③大概是將「付之一炬」和「孤注一擲」糅合而成，看來用「孤注一擲」較恰當；④想當然地以「闖蕩」的「闖」代替「創造」的「創」。例⑤則顯見作者讀書囫圇吞棗，把「被人牽着鼻子走」搬來，又自作聰明地改一改，結果狗屁不通，應改為「盲目跟隨別人」。例⑥作者以為「一話不說」就是一句話不說，其實沒有「一話」這個詞，應改用「二話」，二話就是別的話。⑦至⑩是大意「表錯情」，詞本身沒有錯，但用到那幾個句子上就錯了。「爆破」指用炸藥炸，氣球能爆破，不嚇死人才怪！「離異」意為離婚，「身首」怎會離婚？還是老老實實用「分離」吧。「市面」指城市工商業狀況，應改用「街市」或「街上」。「決絕」就是絕交，做事只能說「果決」、「果斷」，說「決絕」可不是鬧笑話！

「把」字句的一種錯誤

「把」字句是現代漢語裏常用的一種結構特殊的句式。這種句式有時還帶有北方口語和近代漢語的色彩，問題比較複雜，一篇短文是難以講得清楚的。本文只打算談談一般人在運用這種句子時較容易犯的一種毛病。先看例句：

① 她站在窗前把歌唱。

② 他堅信上天會把他們幫。

③ 老師聽了把頭搖。

④ 他不得不把藏畫出售。

⑤ 幾輛推土機則把颳倒的樹木清理。

⑥ 這是個好傳統，我們要把它發揚。

⑦ 工作人員用藥物把標本保存。

⑧ 海龜正在把生下來的蛋埋藏。

⑨ 作者把複雜的戰爭有條不紊地敘述……

⑩ 要準確、客觀地把具體物象展示。

這些「把」字句都不對。錯在哪裏呢？錯在不了解「把」字句謂語動詞的特點。

簡單地說，「把」字句的謂語動詞有兩個特點：一、一般是及物的；二、不能只是一個簡單的動詞，必須還有其他成分。第一點容易理解，第二點請看兩組句子的對照：

錯	對
請把地板擦	請把地板擦擦（重疊式）
她大力把書摔	她大力把書一摔 （前加狀語）
他老是把門關	他老是把門關着 （後加助詞）
領隊不得不把出發時間推遲	領隊不得不把出發時間 推遲一小時（後加補語）

能夠充當謂語動詞的狀語的只有「一」等幾個；加在謂語動詞後面的補語有表示趨向、情態、結果、數量等幾種。在現代戲曲和詩歌裏，動詞的前後可以不帶其他成分，如「我手執鋼鞭把你打」、「小花貓，咪咪叫；小黃狗，把尾搖」等。有些人可能受戲曲詩歌的影響，常造出錯誤的「把」字句。對於比較簡單的句子，一般人或許能看出問題；但像本文前面一些較長的句子，則可能自己造了也不覺得錯呢。

最後分析一下前面的例句。①②除了戲曲詩歌外，其他地方不宜用。③可在「搖」前面加「一」。④可在「出售」後加「了」或改為「賣掉」。⑤可在「清理」後加「掉」。⑥可在「發揚」後加「下去」。⑦可在「保存」後加「下來」或「好」。⑧可在「埋藏」（改「掩埋」）前面加形式動詞「加以」，或把句子改為「海龜正在掩埋自己生下來的蛋」。⑨可把「有條不紊」移到「敘述」後面成為「敘述得有條不紊」。⑩可在「展示」後面加「出來」，或把句子改為「要準確、客觀地展示具體物象」。

「把」字句另一種錯誤

「把」字句的結構通常是「主語 ——『把』—— 賓語 —— 謂語」（例如「我把燈熄了」）。充當「把」字句謂語的，通常是及物動詞，而動詞後面是很少再帶賓語的。但是也有例外的情況。這種例外是有規律可循的，如果違反規律，就必然出差錯。這裏把「把」後面的賓語叫做第一賓語（簡稱一賓），謂語動詞後面的賓語叫做第二賓語（簡稱二賓），經過研究分析後，可以看出一賓和二賓的關係是很密切的。

二賓表示了一賓被處置的種種情況

（一）二賓是一賓的接受者

昨天他把書還給我。（我接受書）

（二）二賓是一賓被處置影響後所在的處所

拯救人員把傷者送進醫院。

二賓由一賓變化或被確定而來

人們把她叫做「眾人的媽打」。

二賓是一賓的一部分或有密切關係

把非法勞工拴了雙手　把他免了職

一賓是二賓受處置後所在的處所

把壁爐生了火　把信封貼上郵票

現在我們來看看一些出自書報的句子：

把青春發放（按：此詞不當）光芒

把生意再上一層樓　把神術流傳後世

企圖把事件歪曲歷史　把事實瞞騙百姓

把自己在考古學上成功的原因嚴守秘密。

這些句子都犯了亂用誤用賓語的毛病。以上述四項原則來衡量，這些句子的二賓既不表示一賓被處置的種種情況（事實上句中的動詞對一賓都沒有處置影響作用，管不了一賓），也不是由一賓變化或被確定而來，更不是一賓的一部分，而二賓也不是一賓被處置後所在的處所，所以這些「把」字句都錯了。有一個簡單的方法：試以「被」代「把」，將句子變作被動句，如果說得通，「把」就用對了，如「傷者被拯救人員送進醫院」；若代之以「被」後說不通，就證明「把」字使用不當，如「……原因被嚴守秘密」。

懶音·懶詞·懶句

近年文化教育界中有「懶音」之説。試以粵語讀下面一句話：

我的貧（朋）友物覺剛（麥國光）辛（生）活好恨（幸）福。

把「朋」説成「貧」、「幸」説成「恨」、「黑」説成「乞」，還有把「我」念成「or」、「銀」念成「en」等變元音、去輔音的情況，並非現在才有，而是由來已久了。這些音源於某些次方言（例如番禺話），由於迎合了部分好「新奇」或説話「不帶勁」的青少年，因而得以流行。值得注意的是近年香港青少年中出現的「覺剛」、「角港」（郭廣）之類的音，其影響已遍及廣州和其他粵語區。減輔音的發音，有人稱之為「懶音」。作為語言工作者，正確的做法是加以引導，而不是馬上「一棍子打死」。現在只是一部分青少年發「懶音」，將來會不會成為語言的主流，還得「走着瞧」。

「懶音」令人想到「懶詞」。如果説簡稱是懶詞的話，內地可謂到了氾濫的程度。「五講」、「四美」是甚麼，相信現在多數當官的也説不出來。臺灣也有不少簡稱，如「三不」、「部首長」等。香港人生活節奏快，在用詞方面也非常精簡，如「乾牛河」、「茄牛意」，非粵語區的人誰知道是乾炒牛肉沙河粉、番茄牛肉燴意大利粉呢？當然，不能説簡稱、縮寫都是「懶詞」，但最好把這些詞局限在一定的範圍內使用，像「茄牛意」等在書面語裏就不要濫用。

由音而詞而句，那麼有沒有「懶句」呢？有，而且此地多得很。請看以下的句子：

> 剛寄出不久，（珍）便收到蓮的信。肯定她不知道情況。寫道：「我的好姊妹……」

這段話的作者真是「懶」得出奇，隨意省略，致使句子短胳膊缺腿，上氣不接下氣。誰「肯定她」？她指誰？誰「寫道」？誰稱呼誰「好姊妹」？莫名其妙！我們讀書看報的時候常有如墮煙海之感，原因之一就是「懶句」作怪。

常見的一種「懶句」

有些詞，用來表示人的動作和心理活動，或形容人的感情、感覺，它們一般不能直接跟其他事物搭配。但是我們常常發現書報上有這種撇開人的「組合」。以下是這一類句子：

① 這段話頗有回味之處。

② 那動人的描寫創造了一種陶醉的境界。

③ 我們正想辦法解決這個頭痛的問題。

④ 真是一個拍案叫絕的證明法。

⑤ 這是一件多麼興奮的事。

⑥ 把最鼓舞的句子畫了記號。

⑦ 老人想起一件欣慰的事，臉上泛着笑容。

⑧ 大家圍在一起，吃着津津有味的食物。

⑨ 演唱會是件矚目的大事。

⑩ 價錢更是便宜得發笑。

這些句子，由於砍掉必要的成分，變得意義不明，或不合情理。我們不妨以「懶句」視之。①的「回味」，②的「陶醉」，③的「頭痛」，④的「拍案叫絕」，⑤的「興奮」，都是表示人的動作或心理活動的動詞，它們不能離開人而跟別的事物結合。其中只有「興奮」因為帶有形容詞性質，可用作定語和狀語，如「興奮的神態」、「興奮地鼓掌」等，但都離不開與人的感情、動作有關的詞。其他四個詞都不能像「興奮」那樣用作定語、謂語，而且「處」本身並沒有「回味」的性質，「境界」本身並沒有「陶醉」的特性，「問題」本身並沒有「頭痛」的性質，「證明法」本身並沒有「拍案叫絕」的屬性，「事」本身也沒有「興奮」的性質，所以上列句子中的組合通通錯了。改正的辦法是在「回味」等前面加上「令人」。例⑥的「鼓舞」和「句子」也不能直接結合，應在「鼓舞」前面加上「令人」或在後面加上「人心」。例⑦的「欣慰」也不能修飾「事」，可在前面加上「使他」。⑧的「津津有味」是人的感覺，不是食物的性質，簡單的改法是把「津津有味的」（「的」改「地」）移到「吃」前面。例⑨的「矚目」是注目的意思，應在前面加上「全港」或「眾人」等。例⑩在形容詞謂語「便宜」後面用「得」連接情態補語，以「發笑」作補語來表示「便宜」的程度，也可以說是描寫「價錢」的情態。但是「發笑」跟「便宜」和「價錢」都是沒有直接的關係，必須在「發笑」前面加上「令人」，句子才算完整。

「參賽奧運」的說法對嗎？

一九八八年奧運會開幕後，傳播媒介有如下報道：

全球有一百六十個國家和地區派出運動員參賽奧運。

蘇聯參賽奧運的人數最多。

香港參賽奧運的項目有游泳、田徑、射擊……

中國派出三百零一名運動員參賽二十一個項目。

這樣的說法對嗎？不對，問題出在「參賽」和「奧運」、「參賽」和「項目」的搭配上。這幾個句子都把「參賽」當作動詞，並讓它帶上賓語。「參賽」其實不是一個詞，而是由「參加」、「比賽」兩個詞緊縮成的，是一個謂賓詞組，或可說是一個「結合詞」，它絕對不能帶賓語。

和英語一樣，現代漢語的動詞也有及物和不及物之分。不及物動詞指不能帶賓語和不能帶受事賓語（動作的接受者）的動詞，如「斡旋」、「休息」、「結婚」、「搗蛋」等。現代漢語只有少數動詞分屬及物和不及物兩類，如「去」（「去毛」為及物，「去澳門」為不及物）、「笑」（「笑他」為及物，「笑了」為不及物）等，絕大多數不及物動詞沒有兼類特徵。

最值得我們注意的是，用「謂賓式」構成的動詞多是不及物動詞，不能帶賓語。謂賓式合成動詞可分為兩類：

甲　吹牛　示威　得罪　動員

乙　握手　結婚　簽名　寫字　感恩

甲類不能或較難通過詞素來理解詞義，一般不能擴展，能擴展的（如「吹牛」——「吹甚麼牛」）也不很自由；乙類則可以分開詞素來理解整個單位的意義，可以自由擴展，如「握手」——「握你的手」、「寫字」——「寫得一手好字」等。甲類明顯是詞；乙類嚴格來說只是詞組。有些專家認為乙類許多詞都凝結得很緊，只表達一個動作，與某些外國語言中的一個詞相當，不能說不是詞，如「見面」、「結婚」等。是詞還是詞組我們暫且放下不談，這裏想強調指出：甲類一部分詞可帶賓語，一部分不能；乙類則全部不能帶賓語，我們不能說「握手你」、「結婚她」、「簽名甲」、「感恩上帝」（感懷恩德上帝）等。

而且，越是能自由擴展的謂賓式動詞（或詞組）越是不能帶賓語。現在我們再來看看一些香港人所造的句子。

我沒有甚麼好心情來會面大家。

「太陽神十一號」於一九六九年七月登陸月球。

她上月登台美、加兩地。

我寓目過永恒的事物。

兩位知名人士亮相城市論壇。

請傳話她。

我始終寄情你。

記得覆信他。

他天天送花她，一片癡心。

安倍晉三一意孤行，解禁集體自衛權。

跟「參賽奧運」的説法如出一轍，上列句子中的謂賓式動詞(或詞組)「會面」、「登陸」、「登台」、「寓目」、「亮相」、「傳話」、「寄情」、「覆信」、「送花」、「解禁」(解除禁令)，都不恰當地帶了賓語「大家」、「月球」等，顯然是不合語法的。

附錄

用粵語念誦古詩文是最佳選擇（上）

回歸以來，香港的語言環境注入了普通話，過去的「雙語制」已為「兩文三語制」所取代，普通話的影響日益明顯。外國人名、地名的用字，幾乎所有媒體、電台和電視台均照搬內地普通話的譯法，以致大量古語、粵語的入聲字和無甚意義或較少用的字，如特、塔、克、狄、沃、洛、勃、赫、得、撒、諾、托、默、列、納、薩、穆、弗、瑟、坎、姆（男性照用）等，用粵語念與原音相去甚遠。KGB 譯作克格勃（全念入聲），港人實在不明白，怎會讀出這幾個音。舊的譯名消失了，如金馬倫變了卡梅倫，維珍尼亞變了弗吉尼亞，夏灣那、千里達（四邑華僑的譯法）變了哈瓦那、特立尼達，侯斯頓卻又跟隨內地保留了華僑的譯名作休斯頓……韓國姓氏朴（Pak），普通話沒有這個音，照譯應是帕克，一個音變兩個音行不通，只好念作瓢。在譯音方面，無綫電視走得最遠，差不多全部跟足內地，連泰國前女總理（Yingluck）的譯名也要打電話請示北京，按照內地的譯法，應叫英拉克，但人家只有兩個音，第二個音普通話發不出，只好譯作英拉了。無綫就是這樣英拉英拉的念，恐怕連阿仙奴也快變做阿森納，愛華頓變做埃弗頓，碧咸變做貝克漢姆了。再者，港鐵、巴士等交通工具採用三語廣播，某些商店、學校和娛樂場所等的名稱改用漢語拼音，如正生書院（Christian Zheng Sheng College）、新國（Xin Guo）小輪、戲曲中心（Xiqu Centre）等，也是明證。強調一國、堅持「輿論一律」者，像廣州的政協委員侯某一樣，巴不得一下子廢棄粵語，全國只剩下一個聲音，詎料

迅即激起了穗港年輕一代的強烈反彈。眾怒難犯，行不得也哥哥。

近年提倡學好普通話的宣傳屢見不鮮，有說十年以後將是普通話的天下；說到繼承古典文學遺產，傳承傳統文化，要多讀、多背文言文和古詩詞，而念誦方面，非用普通話不可，不少朗讀古詩文的普通話錄音教材即應運而生。我們不反對學普通話，因為普通話是官話，是全國通用的語言，無論做生意、旅遊、與內地人交往、了解國情，懂普通話方便得多。但語言只是一種工具，「沒有階級性」（第三共產國際領袖史太林語），不能以一種語言排斥另一種語言，何況某一種語言總有其可取之處。提倡學習普通話是一回事，念誦古詩文用哪一種語言是另一回事，筆者和某些自詡「主流意見」者相反，朗讀、背誦文言文和詩詞，用粵語是最佳選擇。當然，我們不會叫北方人用粵語來讀、背古文，他們不懂也不屑學粵語，他們用普通話朗讀白話文、新詩更接近生活，更能表達感情，比粵港人優勝。但是說到文言文，那是另一碼事，普通話跟粵語是沒得比的。

一、粵語最合古詩詞格律：押韻

格律是指詩、詞、賦、曲等關於字數、句數、對仗、平仄、押韻等方面的格式和規則。古體詩對字數、句數、對偶和平仄的要求沒那麼嚴謹，但講求押韻。近體詩即格律詩產生於南朝齊，至唐代發展成熟。盛唐以後至宋、元、明、清，古人作詩，無不嚴格遵守格律。人稱「詩餘」的宋詞也是如此。

宋代陳彭年、邱雍等人編撰的《大宋重修廣韻》，總結唐代格律詩用韻的情況，定出了押韻的規則，成為歷代詩詞押韻的規範。眾所周知，粵語源遠流長，有自己的詞彙、語音，甚至特有的字，但並非平空而來，在一定程度上，它是古漢語和唐宋文化的延續和傳承，在漢語各種方言土語中，粵語最接近唐宋口語。著名語法學家王力說：「粵方言區的漢族人民入粵的時期更早，秦始皇略定揚越，發卒五十萬戍五嶺，從此以後，漢族在廣東發展起來了。就語言方面來說，離開中原越早的保留古音越多。」（《漢語史稿》）所以用粵語朗誦古詩詞最和諧最押韻。以人們熟悉的兩首詩為例：

鵝鵝鵝，曲項向天歌，白毛浮綠水，紅掌撥清波。（唐駱賓王《詠鵝》）

白日依山盡，黃河入海流。欲窮千里目，更上一層樓。（唐王之渙《登鸛雀樓》）

用粵語來念，「鵝」、「歌」、「波」都是五歌韻，韻母均為「o」，「流」、「樓」都是十一尤韻，韻母為「ow」，發音分毫不差。如果用普通話來念，「鵝」、「歌」的韻母是「e」，「波」

卻是「o」；「流」的韻母是「iu」，「樓」的韻母卻是「ou」。雖然普通話用的是寬韻，e 通 o，iu 通 ou，但念起來，到底不及粵語那麼順口、圓渾。類似的例子多得很，如杜甫的《江南逢李龜年》：「岐王宅裏尋常見，崔九堂前幾度聞。正是江南好風景，落花時節又逢君。」「聞」、「君」都屬十二文韻，粵語的韻母完全一樣；普通話就不同了，「聞」的韻母是「en」，「君」的韻母卻是「un」。又杜甫的《八哀詩•贈左僕射鄭國公嚴公武》：「……以茲報主願，庶或裨世程。炯炯一心在，沉沉二豎嬰。顏回竟短折，賈誼徒忠貞。」普通話「程」、「嬰」、「貞」三個字韻母皆異，而粵語均同。用哪種話來誦讀更押韻，不是明擺着的嗎？

其次，普通話（北方話）自明代兒化後，「兒」、「而」等已剔出四支韻，所以許多韻腳出現「兒」字的古詩，用普通話來念就出韻走調，不「對味兒」了。試用普通話念下面的古體詩、近體詩和毛澤東最推崇的魯迅的一首絕句：

……射殺山中白額虎，肯數鄴下黃鬚兒。一身轉戰三千里，一劍曾當百萬師。（唐王維《老將行》）

勝敗兵家事不期，包羞忍恥是男兒。江東子弟多才俊，卷土重來未可知。（唐杜牧《題烏江亭》）

豈有豪情似舊時，花開花落兩由之。何期淚灑江南雨，又為斯民哭健兒。（魯迅《悼楊銓》）

以上詩句，用普通話念全部出韻，用粵語念則十分和諧優美。這樣的例子我們還可以舉出很多。

又，北方話自元代起已消失了合口元音，即鼻音韻母，沒有了十二侵、十三覃、十四鹽、十五咸四個韻。而古體、近體詩和宋詞有不少是押這些韻的，試舉例：

山不厭高，海不厭深。周公吐哺，天下歸心。（魏曹操《短歌行二首》其一）

孤舟微月對楓林，分付鳴箏與客心。嶺色千重萬重雨，斷弦收與淚痕深。（唐王昌齡《聽流人水調子》）

後人耳熟能詳的杜甫的《秋興八首》其一，五個韻字是「林」、「森」、「陰」、「心」、「砧」：

玉露凋傷楓樹林，巫山巫峽氣蕭森。江間波浪兼天湧，塞上風雲接地陰。叢菊兩開他日淚，孤舟一繫故園心。寒衣處處催刀尺，白帝城高急暮砧。

這些詩句，用粵語來念，一韻到底，渾然天成；用普通話來念，全不「搭界」，欠缺韻味。就算按照北方話的十三轍，也只能勉強說是「寬韻」。

還有，北方話自元代始，入聲消失了。漢語從古代至宋朝，幾千年都分四聲，讀音短促、一發即收的入聲是古漢語的一大特

色，《詩經》、古體詩、唐詩、宋詞，押入聲韻的不知凡幾。元朝以還，失去入聲，從此北方話就與古漢語脱節，文字不變而讀音丕變，成了正宗漢語的一種「方言」。竊以為，失掉入聲，四聲變三聲，是官話（普通話）的極大遺憾，是胡語亂漢之過。今天用普通話念押入聲韻的詩，真不知是何況味。試讀下面幾句：「枯魚過河泣，何時悔復及。作書與魴鱮，相教慎出入。」（漢《枯魚過河泣》），用粵語來念就是另一番情趣了。不信？可找李延年的《歌》、班婕妤的《怨歌行》、孔融的《臨終詩》、曹操的《度關山》、曹植的《七步詩》、李白的《登峨嵋山》、杜甫的《北征》和《自京赴奉先縣詠懷五百字》、王安石的《桂枝香》、蘇軾的《賀新郎》、岳飛的《滿江紅》、辛棄疾的《賀新郎‧別茂嘉十二弟》、姜夔的《疏影》等等，用沒有入聲的普通話和完全保留入聲的粵語來念，看哪一種更入韻，更能傳情達意。

當然世事無絕對，用粵語念古詩，也有個別不押韻的。如杜牧的《山行》：「遠上寒山石徑斜，白雲深處有人家。停車坐愛楓林晚，霜葉紅於二月花。」惟用普通話也好不到哪裏去，倒是用也保留較多中原古音的客家話來念，完全押韻。也許你像發現新大陸一樣，找到用普通話念比用粵語念更押韻的唐詩：「清明時節雨紛紛，路上行人欲斷魂。借問酒家何處有？牧童遙指杏花村。」不過用粵語的次方言四邑話來念也是押韻的。又李商隱的

《樂遊原》：「向晚意不適，驅車登古原。夕陽無限好，只是近黃昏。」粵語和普通話都不合韻，但用粵西的粵語次方言來念則完全押韻。實際情況是，用普通話讀詩詞比粵語更押韻的，恐怕還不到什一呢。

二、粵語最合古詩詞格律：平仄黏對

再說平仄黏對。古詩詞是以平、上、去、入四聲來分平仄的，平聲為平，上、去、入為仄。粵語全部保留了古漢語的入聲，普通話將入聲分別念為陰平、陽平、上聲、去聲，這樣一來，該用仄聲的字，明明是入聲，卻讀作平聲，就犯了不合平仄、失對失黏的大忌了。杜甫詩《月夜》「今夜鄜州月，閨中只獨看」，第二句是平平仄仄平，但普通話「獨」（入聲）作平聲；杜甫詩《春望》「感時花濺淚，恨別鳥驚心」，「別」字是仄聲，普通話變了平聲；杜甫詩《曲江二首》其二「酒債尋常行處有，人生七十古來稀」，「十」是仄（入）聲，普通話又變作平聲；李白詩《望天門山》「兩岸青山相對出，孤帆一片日邊來」，前一句句末該用仄聲，「出」是仄（入）聲，普通話又念平聲；蘇軾的《水調歌頭》句「今夕是何年」，「夕」是仄（入）聲，普通話又作平聲，「月有陰晴圓缺」，「缺」也由仄（入）念作平；辛棄疾的《醜奴兒・書博山道中壁》句「少年不識愁滋味」，「識」是仄（入）而讀平，「欲說還休」，「說」是仄（入）而念平……這

樣的例子數不勝數。

至於押入聲韻的詩詞，用普通話來念，許多韻腳都走了調。如杜甫的《自京赴奉先縣詠懷五百字》，全詩五十韻，均入聲，用普通話念，二十四個變了平聲；岳飛的《滿江紅》押入聲韻，其中「瀟瀟雨歇」、「踏破賀蘭山缺」兩句，「歇」、「缺」都是韻字，普通話念作平聲；姜夔的《疏影》共九韻入聲，用普通話讀，四個變了平聲……如此這般的詩詞有的是。吟詠詩詞，不符韻律，不合平仄，嚴重犯忌。好端端的格律詩詞，用普通話來念，大半變了樣，偏題跑轍，不成格律詩詞了。

再有，普通話發展到今天，本來有兩個或三個音的字，如「教」、「勝」、「操」、「過」、「行」、「貞」等，可平可仄，但普通話「教」、「勝」只念仄聲；「操」除講粗話、罵人讀仄聲外，連表志節、操守也念平聲；「過」除姓氏作平聲外，其餘均為仄聲；「行」只念平聲，失去德行、品行的仄聲；「貞」屬八庚韻，但普通話已改念 zhēn。在格律詩詞裏，這些字用普通話來念就亂了套，或出了韻；相反，粵語保留了大部分古音，念起來完全沒問題。

再看以下例子：

① 「但使龍城飛將在，不教胡馬度陰山。」（唐王昌齡《出塞二首》其一）

②「忽見陌頭楊柳色，悔教夫婿覓封侯。」（唐王昌齡《閨怨》）

③「沙平堪濯足，石淺不勝舟。」（唐岑參《終南東谿中作》）

④「白頭搔更短，渾欲不勝簪。」（唐杜甫《春望》）

⑤「老檜獨含冰雪操，春來悄沒人知道。」（金段克己《蝶戀花‧聞鶯有感》）

⑥「文章憎命達，魑魅喜人過。」（唐杜甫《天末懷李白》）

⑦「謫去君無恨，閩中我舊過。」（唐高適《送鄭侍御謫閩中》）

①②的「教」、③④的「勝」和⑥⑦的「過」均應念平而念仄，⑤的「操」應念仄而念平，普通話通通違反了格律詩詞的規則。

綜上所述，用普通話念古詩詞，好端端的格律詩詞，大部分變了古體詩；而念古體詩，許多也不合乎韻律。這對操普通話的人來說，實在是無可奈何。以粵語為母語的人不要做「老襯」了，堅持用自己生而通曉的語言來念誦古詩文吧。

最後補充一些有關粵語的最新資料，相信更能堅定大家對

運用母語的信念和意志。目前，全世界母語為粵語的人多達一億二千萬，通用於港澳（為官方語言）、海外華埠和兩廣大部分地區，由廣州、龍門起，沿西江流域上溯至廣西南寧，遠至百色，至少有一億人口日常使用粵語交流。除普通話外，粵語是唯一擁有完整的文字系統的漢語，所有粵語發音均有對應的文字。在本土，粵語把與徽、京、漢劇同一血脈的粵劇培育成為曲調異常豐富多變、唱腔特別婉轉悠揚的劇種，二〇〇九年先於京劇為聯合國確認為非物質文化遺產；同時，粵語的特殊土壤，汲取了民間小調的養分，又吸收了唐宋詩詞和西洋音樂的精髓，孕育出在世界樂壇獨樹一幟的廣東音樂，馳名中外。由第一代粵人移居外國起，至本世紀初，粵語在好些國家的地位，與普通話相比，具壓倒性的優勢。粵語成為美國的第三大語言（英、西、粵），加拿大的第三大語言（英、法、粵），澳大利亞的第四大語言（英、意、希、粵、阿拉伯）。筆者一〇年在澳洲墨爾本乘內陸航班往悉尼，機上的廣播除了英語就是粵語。英國的華僑華裔，向以粵港人居多，英國電臺的粵語廣播存在了好幾十年。粵語在東南亞的使用者甚眾，在馬來西亞和越南南方的影響力非常強。粵語也是唯一在國外大學有獨立研究的中國方言。這和粵人遍天下，粵語好些用詞早已進入了英語世界不無關係，如「Cheongsam」（長衫）、「Chop Suey」（雜碎）、「Lychee」（荔枝）、「Longan」（龍眼）、「Dim sum」（點心）、「Wok」（鑊）、「Yum cha」（飲茶）、「Wonton」（雲吞即餛飩）、「Hoisin」（海鮮）、「Bokchoy」（白菜）、「Choysum」（菜心）等就是從粵語直譯過來的。

全世界每一個角落，幾乎都可以聽到粵語，上世紀八九十年代亞洲電視長年定期播放的《尋找他鄉的故事》提供了有力的佐證。近至越南、印度，遠至秘魯、馬達加斯加，大至美加澳，小至拿（瑙）魯、斐枝（濟），都有粵人居住，印度出生的第三代華人小姐弟，都能操流利的粵語，由此足證粵語有頑強的生命力，永遠不會消亡。

現在粵語在全世界五千六百多種語言中的地位已無可爭辯。年來網上屢傳，聯合國已正式定義粵語（Cantonese）為一種語言（language），而不再被稱為方言（dialect），並認定為全球人類日常生活中通用的七種語言（Leading language in daily use，包括英、普、俄、法、西、阿拉伯、粵）之一。世界使用者超過一億人的語言尚有印地、印尼、葡萄牙、烏爾都、日、孟加拉等，但這些語言都沒有被聯合國認定義為世界通用語言。雖則傳聞未必真確，但已和實際情況差不離。粵語的地位舉足輕重，實足令我們為之自豪和引以為傲。

二〇一五年十二月

用粵語念誦古詩文是最佳選擇（下）

在古詩文裏，我們可以找到許多至今粵語仍在使用的詞語，這些詞語，普通話口語已極少用，或索性不用。我們誦讀古詩文看到這些詞語時，一定會説：這和我們日常説的不是一樣的嗎？如「飲」（喝，普通話口語，下同）、「食」（吃）、「行」（走）、「走」（跑）、「企」（站）、「面」（臉）、「頸」（脖子）、「膊」（肩）、「翼」（翅膀）、「著」（穿）、「晏」（晚）、「曉」（知道）、「畀」（給）、「係」（是）、「落」（下）、「滾（水）」（開水）、「擗」（排、拉）、「起屋」（蓋房子）、「帶挈」（提攜、關照）、「抵死」（該死）、「幾多」（多少）、「終須」（終歸、到底）、「折墮」（先做過壞事而後遭報應，普通話無對應的詞）、「姑勿論」（且不説），等等。

三、粵語保留最多古漢語詞

下面我們再舉出一些例子：

鏗（摼）：敲、打（普通話用詞，下同）

「於是發鯨魚，鏗華鐘。」（漢班固《東都賦》）

定：抑或，還是

「我行影亦行，我止影亦止，不知我與影，為一定為二。」（宋楊萬里《夏夜玩月》）

渠（佢）：他、她、它

「雖與府吏要，渠會永無緣。」（漢樂府《孔雀東南飛》）

「問渠那得清如許，為有源頭活水來。」（宋朱熹《觀書有感》）

趯（dek[8]）：古同走，今曰跑

「趯趯阜螽。」（《詩經・召南・草蟲》）

屈大均《廣東新語・文語・土言》云「走曰趯」。

膎（耨）：膩、發膩

「淡而不薄，肥而不膎。」（《呂氏春秋・孝行覽・本味》）

咸（冚）：全部、都

「村中聞有此人，咸來問訊。」（晉陶潛《桃花源記》）

「群賢畢至，少長咸集。」（晉王羲之《蘭亭集序》）

抵：當、相當

「烽火連三月，家書抵萬金。」（唐杜甫《春望》）

擘：撕、張

「既至王前，專諸擘魚……」（《史記・刺客列傳第二十六・專諸》）

「頭重而不可扶，眼閉而不可擘。」（宋陳亮《與朱元晦秘書書・乙巳春之一》）

攞：拿

「我攞了這文書，點個燈來燒了者。」（元《來生債》）

焫：燙、灼、高溫的

「……藏（臟）寒生滿病……故灸焫者亦從北方來。」（《黃帝內經・素問・異法方宜論》）

凍：冷

「朱門酒肉臭，路有凍死骨。」（唐杜甫《自京赴奉先縣詠懷五百字》）

出入：出和進

「有孫母未去，出入無完裙。」（唐杜甫《石壕吏》）

利市（俗利是）：紅包

「犀錢玉果，利市平分沾四座。」（宋蘇軾《減字木蘭花‧賀李公擇生子》）

卒之：終於

「其卒之也，子路欲殺衛君而事不成……」（《莊子‧盜跖》）

無他（靡它，無它）：沒有別的，沒有其他甚麼

「之死矢靡它，母也天只，不諒人只。」（《詩經‧鄘風‧柏舟》）

隔籬：隔壁

「誰家煮繭一村香？隔籬嬌語絡絲娘。」（宋蘇軾《浣溪紗》）

一味：總是、只是、一個勁地（普通話「一味」表示單純地，口語少用，用法與古漢語不同）

「一味淒涼君勿嘆。」（宋陸游《次韻張季長正字梅花》）

「（李逵）掄兩把板斧，一味地砍將來。」（元施耐庵《水滸傳》第四十回）

快脆：快、利索

「（亮）望見暮景，天以與奪之，憔悴痛苦，反以求死為快脆，其他尚復何説。」（宋陳亮《復樓大防郎中》）

縹青（俗標青）：超乎尋常、出眾、拔尖

「石榴植前庭，綠葉搖縹青。」（魏曹植《棄婦》）

左近：附近

「（潛龍）每至大旱，平樂村左近村居輂草穢着穴中。」（北魏酈道元《水經注・夷水》）

「這遊僧也去不久，不過只在左近地方……」（《二刻拍案驚奇》卷二八）

幾多：多少

「問君能有幾多愁？恰似一江春水向東流。」（五代李煜《虞美人》）

像這樣的例子舉之不盡。我們讀古詩文讀到這些詞語，覺得就像出自我們口中一樣，一看就明，不用查字典，易上口，記得牢。用普通話念，就沒那麼「着數」了。

四、粵語最富音樂性

我們知道，粵語分四聲（平上去入），共九調（平上去分陰陽，入聲分陰中陽），其他方言中，閩語的次方言閩南話的潮州話有八個調，客家話有六個調，北方話（普通話的基礎）只有三聲四調，沒有入聲，西北方言更只有三聲三調。至於英語，只有輕重音之分，拼音文字大致如此。粵語在所有語言中，算得上音調最豐富的。粵語的每一個字均能入譜，都可以在 1234567 七個音（包括高低音）中找到一個與之相配。北方的小工調，只有五個音，沒有 74（乙反）；粵劇和廣東音樂有些曲牌和曲子偏偏以乙反音（唱腔叫苦喉）為主，在全國的戲曲、民歌乃至全世界的樂曲中是絕無僅有的。「乙反」兩個音不等於西樂的 7̣4，「乙」比 7̣ 低，略高於 ♭7̣，「反」比 4 高些，略低於 #4，粵劇演員開口就能唱出「苦」味，演奏者準確純熟的走（滑）指法自然奏出這兩個音。曾經看過北方人記錄出版的一部廣東音樂譜子，其中的乙反曲調通通升高了一個音，如把 1557127 和 45421 分別記作 2661231 和 56532，端的是「唱反調」，可見北方人是不會奏乙反調的。至於西樂的小提琴，用傳統的指法也奏不出乙反兩音。倒是廣東人拉小提琴（廣東提琴），其獨特奇妙之處，連舒巷城也說：「嚇死鬼佬！」

音調最多的語言，必然最富音樂性。有人說，粵語就是一首歌，一點不假，你隨便說一句話，都可以用恰當的音符記下來，用樂器奏出來，像粵劇的「滾花」一樣。試以許冠傑家喻戶曉的《財神到》中的幾句為例：

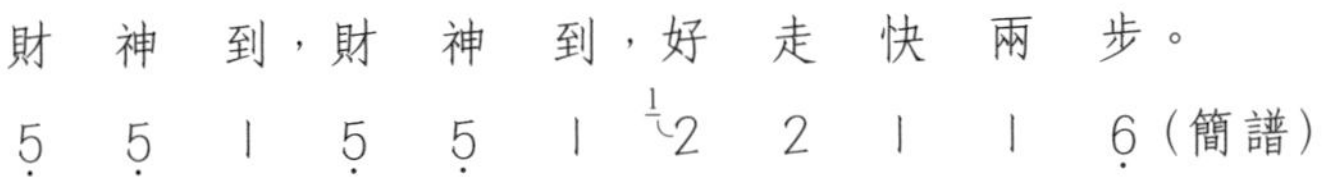

財　神　到，財　神　到，好　走　快　兩　步。
5̣　5̣　1　5̣　5̣　1　[1]2　2　1　1　6̣（簡譜）

配上適當的節奏，就成為歌，就能唱了。如果用普通話念，任誰也不能為之配上準確貼切的音符，其中「到」、「好」、「走」、「快」、「兩」、「步」最不好唱。京劇《紅燈記》中的一句「臨行喝媽一碗酒」唱成 2123236̣12，可是用普通話念就不是這回事了。

再以粵劇《搜書院》第一場的一闋詞《臨江仙・風箏》為例，飾演張逸民的演員念來，簡直就是一首歌：

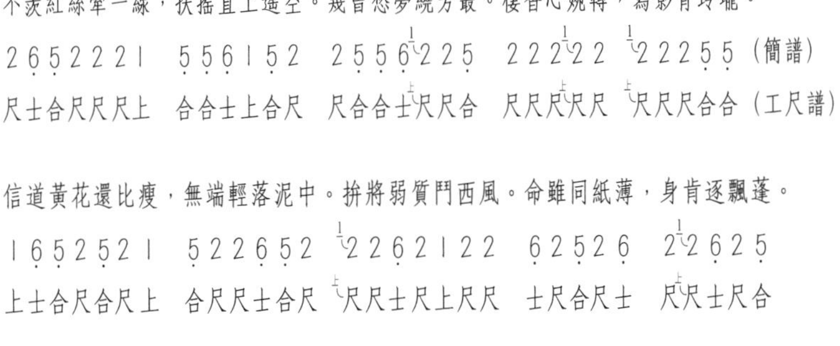

不羨紅絲牽一線，扶搖直上遙空。幾曾愁夢繞芳叢。棲香心婉轉，寫影骨玲瓏。
2 6̣ 5̣ 2 2 2 1　5̣ 5̣ 6̣ 1 5̣ 2　2 5̣ 5̣ 6̣[1]2 2 5̣　2 2 2[1]2 2　[1]2 2 2 5̣ 5̣（簡譜）
尺士合尺尺尺上　合合士上合尺　尺合合士[上]尺尺合　尺尺尺[上]尺尺　[上]尺尺尺合合（工尺譜）

信道黃花還比瘦，無端輕落泥中。拚將弱質鬥西風。命雖同紙薄，身肯逐飄蓬。
1 6̣ 5̣ 2 5̣ 2 1　5̣ 2 2 6̣ 5̣ 2　[1]2 2 6̣ 2 1 2 2　6̣ 2 5̣ 2 6̣　2[1]2 6̣ 2 5̣
上士合尺合尺上　合尺尺士合尺　[上]尺尺士尺上尺尺　士尺合尺士　尺[上]尺士尺合

這裏只用簡譜和工尺譜記下每一個音，演員念來是有強弱、長短的，我們聽起來既是念也是唱，分不出是念還是唱，二者渾然一體了。要是用普通話來念這闋詞（且不說念來有幾處不合平仄）和當時能詠能唱的唐宋詩詞，斷然不會有這樣的效果，何況還有一把衡量平仄黏對和韻律的分毫不爽的格律尺呢。

也許有人說，正因為普通話聲調少，所以不受拘束，走向「自由化」。比如蒙族歌手的歌，「揮動鞭兒響四方」和「我就驕傲的告訴他」，唱成312353213̣，「方」和「他」竟可以唱成3̣。誠然，窮則變，變則通。近代東西歐歌曲傳入中國後，中國的歌曲就學了外國的歌曲，每一個字可以隨意配上任何音符（主要是小工調的五個音），而不管字本身的聲調（你試找來任何一首「國語歌」，可以發現歌詞中大部分的字唱起來都不符合普通話的平上去聲調。嚴格的說，這叫做走音）。翻譯歌曲用普通話唱，勉強用四個調來遷就外語的輕重音，久而久之，似乎耳順了。香港人不會用粵語唱翻譯歌，因為翻譯的歌詞無法吻合粵語的九調，寧願唱外文，如《生日歌》。不得不提一提粵劇《關漢卿》（改編自田漢的話劇）中的一闋《蝶雙飛》，原本是沒有譜子的，粵樂演奏家黃不滅之子黃壯謀為之譜曲，與粵語的聲調配合得天衣無縫，紅綫女唱來穿雲裂石，蕩氣回腸；如用普通話，無論念白或譜曲演唱，一定遜色得多。必須指出：唱歌是一碼事，讀古詩詞是另一碼事，二者不可同日而語。拿着格律尺度來衡量，像唱歌曲那樣誦讀古詩詞是不能接受的。

再比較一下普通話和粵語的漢字發音。包括有音而無字的發音在內，理論上用聲母、韻母和聲調相乘，普通話是 $21 \times 35 \times 4 = 2940$，粵語（不計自成音節的鼻音韻母 m）是 19×35（平上去韻母）$\times 6 + 19 \times 17$（入聲韻母）$\times 3 = 4959$；換言之，普通話只可念出 2940 個音，而粵語則多達 4959 個音。但粵語還有不可悉數的異讀和變調，例如「復（复）」，粵語可念出三個音（恢復、復診、去不復還），普通話只是一個音 fù；「行」粵語可唸出四個音（步行、銀行、品行、洋行），普通話只有兩個音。異讀如「騎」，粵語有三個音（騎兵、車騎、騎馬），普通話少了一個音。還有「青年、青菜」，「領袖、衫領」，「正式、好正」，「嶺南、大嶺」等等，普通話每組相同的字只有一個音。至於變調，更是不計其數，例如「河流、河粉」，「樓宇、八樓」，「皮鞋、真皮」，「小姐、家姐」，「魚類、鯉魚」，「對話、電話」，「芒果、鋒芒」，「黃花、阿黃」，「位置、各位」，「陳舊、老陳」，「鄭重、阿鄭」，「樹葉、阿葉」等（大部分念陽平和一些念陽去、陽入的姓氏皆可變調），普通話罕有變調，只見於兩個上聲字組成的雙音節詞的第一個字，如「把酒」、「法寶」、「感想」、「領土」等，為數不多，與粵語相比，霄壤之別。粵語還有書面語和口語的不同發音，如「使（si^{3}、sai^{3}）」，「抹（mut^{8}、mat^{8}）」，「輕（hing^{1}、heng^{1}）」，「近（gen^{6}、ken^{4}）」，「夾（gap^{8}、gip^{9}）」，「請（tsing^{3}、tseng^{3}）」，「醒（sing^{3}、seng^{3}）」，「坐（dzo^{6}、tso^{4}）」，

「淡（dam⁶、tam⁴）」，「疊（dip⁹、dap⁹）」，「死（si³、sei³）」，不勝枚舉。加上異讀、變調、書面語或口語，粵語起碼可發出多達七千個音，與普通話相比，真是天差地遠啊！

五、你考我官話我考你粵語

據説趙元任編了兩句話來考粵人：「四十四隻石獅子」和「西施死時四十四」，粵人發不出捲舌和切齒音，所以讀起來詰屈聱牙，給難倒了。但無妨，古詩文是沒有捲舌和切齒音的，你抱着學好當代普通話的心態來苦練這兩句話就行了。

來而不往，非禮也。有人寫了一句話「入實驗室揼緊急掣」，給「國語人」念，這句話相當難念，但「緊、掣」兩個的元音，普通話也有（或相近）。區區不才，也撰了一段順口溜，考一考操普通話和北方話的人：

三姪兒，呃七叔，入森林，落峽谷。欲執金，速發達。森林黑，密質質，一二日，不得出。尋尋覓，極心急。踢碌木，一仆碌。跌落氹，不禁哭。

上面所有字的古音跟普通話截然不同，包括入聲、合口唇元音、非兒化，粵語念來全無問題。如果你能用標準粵語讀出這段順口溜，恭喜你，你的粵語過關了，誦讀古詩詞完全合格律，韻

味十足了。

說了那麼多，朗讀和背誦古詩文最佳選擇是哪種語言，不是昭然若揭了嗎？小朋友，大朋友，愛護和寶重你的母語吧，這是你自出娘胎後最先聽到和學會的語言，是你連夢囈語也用的語言，更重要的是你進行思維活動的語言，你不用最熟悉、最親切、最合平仄韻律的母語來念古詩文，難道還有更好的選擇嗎？家長們，千萬不要被那些似是而非的論調誤導，要堅定信念，走正確的路，教導自己的孩子用粵語來念誦古文唐詩宋詞，讓我們的國粹世世代代發揚光大。

二〇一六年五月

後記

校畢全書，想再説幾句。

本書不是一本系統地論述粵語或香港流行語的專著，而是零敲碎打式的「炒雜燴」。除了個別文章外，主要針對書報雜誌及其他有訴諸語言的傳播媒介和藝術，如電影、電視、音樂、廣告等，在用字遣詞造句上存在的一些問題加以辨析。所舉的例子均有出處，少數摘自來稿和學生的習作。本着「對事不對人」的精神，一般不指出來源。本書大部分文章都是有的放矢、對症下藥的，希望對讀者能有所幫助。

在字方面，本書不討論「染」字多一點，「亨」字寫成「享」字之類的錯字，這類專著坊間早就有了。主要講的是別字，但也不針對那些「胡言亂語」。例如從前有個出門經商的兒子，半路上遇大雨，寫信給父親説：「別人有命（傘）我沒命（傘），有命（傘）帶命（傘）來，無命（傘）帶錢來買命（傘）。」其父回信説：「你會馬（寫）則馬（寫），不會馬（寫）則熊（罷），堂上有容（客），差（羞）死我也。」像這些離譜的別字，老師應可輕易地替學生改正。本書的着眼點是那些帶普遍性的、數見不鮮的別字，如把「女士」寫成「女仕」，「做夢」寫成「造夢」，「被迫」寫成「被逼」，「重複」寫成「重覆」，「石棉」寫成「石綿」，「口才辯給」寫成「口才便給」，「差強人意」寫成「強差人意」，等等。這種「字妄」而致詞誤或想當然的毛病存在已久，根深柢固，長期得不到改正。記得多年前任職於一家出版社時，一部正在編纂中的大型醫學著作多處提到「複診」，筆者當時指出：「『複』者，重複也，而『復』才是再一次、又一次的意思，所以應改為『復診』。」又如某學生作文中的一句「海灘上鋪滿幼細的沙」，老師沒有給他改正「幼細」一詞。其實「幼」指年紀小，跟解作顆粒小的「細」了不相涉，只因廣東話以「幼」來表示顆粒小，所以我們這裏才有「幼細」這個「雜交詞」。現在是我們下決心改正諸如此類的錯誤的時候了。

雖然從事文字工作數十年，惟自覺末學膚受，這本書實在談不上有甚麼理論，付梓的目的，在乎拋磚引玉。希望多些有心人關注本地中文所存在的問題，期待語文工作者、作家和教師們共同努力，為提高本地的中文水平，獻出更多的崇論閎議、真知灼見。

最後謹向不斷批評、勖勉我的戴天先生和曾經給我具體幫助的香樹輝先生致謝。還要感謝朱珺和黃小雲兩位女士，她們是這些枯燥乏味的文章最早的讀者，她們的郢斤，對拙作很有益和有建設性。更要感謝蔡炎培先生不嫌拙作淺陋，撥冗作序。蔡兄是著名詩人、報紙副刊編輯，歷任市政局雙年獎詩組、中文創作組詩組評判，一九九三年獲選為英國劍橋傳記文學中心第十屆名人，和 ABI（美國傳記文學中心）Man of the Year—1993。他對語言和香港的中文有獨到之見，值得認真體味。

吳順忠
一九九四年六月，香港

〔附言〕

歲月不居，時節如流。「子在川上曰：『逝者如斯夫！不舍晝夜。』」（《論語‧子罕第九》）筆者已屆耄耋之年，生命之蠟炬快將燃燒淨盡。此書問世後，再無餘力操觚綴文矣。回首前塵，使命感驅使，寫下若干文字。若能裨益讀者一二，總算無虛度此生。殷殷期望後輩，珍惜年華，努力上進，學好本領，早日成才。古人至理名言應記取：聖人不貴尺之璧而重寸之陰（《淮南子‧原道訓》）；莫等閑白了少年頭，空悲切（岳飛《滿江紅》）。末了，謹賦小詩一首，表我心跡：

流年似水厄艱辛　烏兔擲吾八十春
夢裏空垂姜尚釣　詩中黯斷陸游魂
不求聞達勞心力　惟託蕪詞聊自珍
寄語後昆重發憤　修身立德法賢人

吳順忠
二〇一七年歲次丁酉季春，香江

詞海求知錄

——詞語解惑篇——

作者：　吳順忠
總編輯：　葉海旋
編輯：　范嘉恩
助理編輯：　梅綽悠
書籍設計：　TakeEverythingEasy Design Studio
出版：　花千樹出版有限公司
地址：　九龍深水埗元州街 290-296 號 1104 室
電郵：　info@arcadiapress.com.hk
網址：　http://www.arcadiapress.com.hk
印刷：　美雅印刷製本有限公司
初版：　二〇一七年五月

ISBN：　978-988-8265-53-4